吃肉喝酒飞奔

吴惠子 著

The Way You Were

四川文艺出版社

成长无非大醉一场，勇敢的人先干为敬。

PREFACE

序　愿你得良人佳宿

————大冰

一日凌晨，惠子来电。

隔着一整个中国大陆的午夜，她问我能否在稿子里引用一段话：

> 命运善嫉，总吝啬赋予世人恒久的平静，总猝不及防地把人一下子塞进过山车，任你怎么恐惧挣扎也不肯轻易停下来。非要把圆满的颠簸成支离破碎的，再命你耗尽半生去拼补。

是啊，这段话是我写的。行啊没问题，只管拿去用。这是我的荣幸，谁让你是独一无二的吴惠子。

那篇上万字的稿子，惠子写了整一个月，锥心刺血，迤逦成文……不论是故事里的她，还是写故事的她，皆异常辛苦，仿如坐了一遭漫长而颠沛的过山车。

我一字一句读完，烟灰落满鞋面。

但在这本书最终截稿时，那个故事最终还是删掉了，没人逼她，她自己决定的。

我没问为什么。

有人写书是为了明志，有人写书是为了布道，而有人写书是为了折骨重接、斩筋断续。

比如吴惠子。

她以笔为刀，刀刀见血，三刀六洞，给了自己的这场修行一个交代。

删就删了，言有尽而意无穷，空矢控弦，不射之射。

初次见吴惠子，是在一段视频里。

她半夜三更不睡觉，对着手机的镜头漠然地为失眠的人们表演嚼槟榔……不错，够无聊。

后来熟了才发现，其本人说话断篇，吃饭走神，人多时候最沉默笑容也寂寞，比视频里愈发无聊。

她常有一些无聊之举。

我们一干人等赴新疆采风，空中草原那拉提的哈萨克毡房里，她忽然默默举杯替人挡酒，替的是个第一次见面的老大哥。

理由既简单又无聊：这位大哥人很好，但胃不好，我的胃很好，所以我替他喝。

众人以为她海量，直到她咽完一杯白酒，一脑袋栽地，晕了过去。

第二天她在车上醒来，抱起一只坚硬而巨大的馕，一脸恍惚地慢慢啃，像只冬眠初醒的松鼠在啃锅盖。

草原边缘，有羊群路过，她摇下车窗，掰碎一角馕，喂它们。

那拉提的风乱了她的发丝，那些羊熟视无睹地踱过，不搭理她。

羊不吃馕。

她是个什么样的姑娘呢，我很难用一句话说清楚：她极其无聊，但蛮善良，她极其清淡，像溪畔凝固的冰川，又像冬日里白晃晃的太阳。

好吧，在这个崇尚刺激的年代，她所显示的状态几乎是过时的。

一种难能可贵的过时。

文如其人，亦有一种难能可贵的过时。

我在诸多人前推崇过吴惠子的文笔，今朝再荐一次：那些貌似平淡的故事，实则内有乾坤，真话，我觉得她的文字比我这个野生作家要好太多，气韵独到，令人艳羡不已。

网上有人戏言，说："吴惠子的文字一点也不刺激，她写了很多年也不火，是不是文字太不生活。"

屁话，当然不是。

她是太贴近生活了，她远比一般人更多地汲取了生活的各种温度，久之，己身愈发淬得不温不火。

淬的过程是被动的，很虐。

这个世界不宠她，曾无比狰狞地残忍待她，她自幼在伤害中被迫长大，因饱经难挨的岁月，所以方甘于过时，方甘于不温不火不伤害任何人，方做人作文有了她独特的悲悯心。

可惜，此份悲悯，时时常示人，世人常不识。

例证无须多言，此一本书读完，仁者自知。

忍者亦自知。

我曾写过：

> 命运善嫉，总吝啬赋予世人恒久的平静，总猝不及防地把人一下子塞进过山车，任你怎么恐惧挣扎也不肯轻易停下来。非要把圆满的颠簸成支离破碎的，再命你耗尽半生去拼补。

惠子的过山车坐完了吗？碎掉的东西都补好了吗？筋骨重接后长出来的是剪刀手还是麒麟臂？这本书于惠子而言，是一个句号，还是一个冒号？

这些问题留给惠子她自己吧，也留给读完这本书的你，或许你恰好是另一个惠子。

…… 新疆之行时，我们还曾路过巴音布鲁克大草原。

牧草俯身偃，草原中心有神庙，神庙里我替众人点酥油灯，挨个点燃，挨个求福。

轮到惠子那盏灯时，只一句，人都说苦尽甘来，愿君终得良人佳宿，神定心安。

是为序。

自序　当世界年纪还小的时候

我妈以前总误导我。

她说，壁虎在遇到危险的紧要关头，会弄断自己的尾巴逃跑，那半截尾巴会跳进我的耳朵，钻进我的脑袋，让我变成傻子。

虽然这个谣言早就不攻自破，但我依然在二十四岁的夏天，被一只壁虎吓得嚎啕大哭。我紧紧地捂着耳朵，让同屋的闺蜜给男同事打电话，求他来家里帮我们抓壁虎。男孩子迎着晚高峰赶到家里，翻箱倒柜，最后总算在床底下找到了壁虎。他把壁虎装进一次性的纸杯里，盖上保鲜膜，还扎了几个小洞，他说：

“壁虎是益虫，吃蚊子，可别在这个杯子里憋死了。”

因为害怕，我不肯在自己的床上睡觉，一分一秒都不行。最后赶在超市关门前去买新床垫，炎夏闷热，我的后背不停冒着冷汗，边走边哭，行人侧目。

那天我理解了所谓的一物降一物——我不怕猛兽，却怕壁虎。

壁虎可怕吗？可怕。

壁虎可怕到如此的地步吗？可怕。

因为我一开始就设定了“可怕”这个结局，所以任何人问我可不可怕的时候，我都会拿出这个早就准备好的答案回答：

壁虎很可怕。

成长很可怕。

真相很可怕。

孤独更可怕。

一个不愿意长大的我，排斥着大人们的世界，两者互为孤立，无法形成平等安全的匹配，所以一切都变得非常可怕。

我在原本该撒娇和需要被保护的年纪里，面对着残酷的现实，被迫扮演着大人的角色，那个被我藏在“潜意识深处从来没有外化过”的“小姑娘”就像一个“巨婴”，长年累月地被我丢弃在角落里。因为我越是不肯面对“她”，她就越是与我对抗，让我不断消耗，“她”甚至帮我关上了那扇通往整个世界的大门。

当我意识到这一点，便意味着我要开始学着做一个称职的大人了。我把那个倔强的“巨婴”抱到光天化日之下，给予“她”关爱，呵护“她”成长，我开始接受那个没长大的自己，宽悯地对待那个孤独的自己，脆弱的自己，也同样宽悯地对待那个批评自己，指责自己的自己。

我开始跟朋友愉快地谈起那些惊心动魄的过去，谈起那些比电视剧还狗血的亲身经历。我带着三分认真，七分戏谑地问她：“世间大部分的痛苦是不是都是因为穷？”

我说：“你帮我想想，作为一名家道中落的富家女，如何才能一夜暴富站回挥金如土的人生舞台？”朋友一边哈哈哈，一边撕开好几包薯片，只说：“来来来，这个好吃，吃完这个我们去涮火锅。”

新鲜的蘑菇和肥牛在锅里冒着泡，我心想：

食物不是解药，但味道是解药。

爱人不是解药，但爱情是解药。

时间不是解药，但此刻是解药。

当我把所有的理想都变成第二天的早餐，当我们勇敢地吃肉喝酒飞奔之后，许多原本复杂的问题，便迎刃而解了。原来，那个充满了恐惧的夏天，也曾留下欢喜。

男孩子抓壁虎的英勇行为打动了闺蜜的芳心，两个人坠入爱河，喜结连理。我写这篇自序的时候，他们正在日本奈良享受迟到了两年的蜜月旅行。几乎是同样的时间，同样的夏末午后，我也奇迹般地坐在泰国清迈的木阁楼里，悠闲自得地抱着电脑，面对着近在咫尺的屋檐上盘踞着的五六只壁虎，内心没有恐惧。

壁虎可怕吗？

还好，没那么可怕。

成长不可怕，真相不可怕，孤独也不可怕。

这个我原本以为已经老去的无聊透顶的世界，神奇地逆转时光，慢慢变小了。这个突然到来的瞬间，让我意识到，那些让我曾经痛彻心扉的经验和绝望，原来都言之过早。在能量守恒的宇宙里，失去的时候，要相信未来还会拥有，拥有的时候，要记住随时会失去，且珍惜。

将来有一天，我们都将和光同尘，汇入时间的海洋。但相信我，生命的诞生和消亡并不是最后的结局，所以此刻，这些呈现在我们眼前的机会和尽头，甜蜜和失去，更不是结局。

所以，先别着急哭泣。

THE WAY YOU WERE

目 录　　CONTENTS

吃 肉

LOVE

喝 酒

DREAM

飞 奔

FLY

第一章

吃肉

LOVE

春风得意马蹄疾，一日看尽长安花，

天南海北的缤纷筵席，吃份儿新鲜，吃不出团圆。

世人皆有六识，最先变老的原来是味觉。

北方有盛宴

直到十一岁，我才吃到我这辈子的第一个汉堡包。

其实也不难想象，我出生的南方小县城，面积小，人口少，县城小到每年春节扫墓，都能在公墓大门口不费吹灰之力地碰到好几个同班同学。所以我十一岁能吃上汉堡，在我们班已经相当时髦。

这都归功于我妈，她年轻的时候卖烟，天南海北基本都去过，那几年分管东北三省，常驻北京办事处，卖烟卖得风生水起，因为见多识广，所以一直走在时尚前沿，逛赛特，烫卷毛，穿短裙，背LV。十一岁那年，我刚刚开始发育，挑肥拣瘦，有的衣服开始不爱穿。我妈明察秋毫，看出了我臭美的苗头。有一回她出差回来，突然觉得我很土，便二话不说买了两张火车票，让我跟她去北京见见大世面。

火车北上，我妈说，女孩子应该多出去走走，眼界宽，气质自然就好了。她问我到了北京最想干吗？我冥思苦想，憋了半天。

“爬长城，吃汉堡。”

我妈惊愕，不可思议地看着我。她哪知道，爬长城和吃汉堡，已经是我对北京这座大都市所有想象力的极限，我妈也同样突破了自己的极限，意识到我比她想象中还要土一万倍，于是我们下了火车还没来得及放下行李，她就冲到麦当劳给我买了这辈子第一个汉堡。

我十一岁，汉堡是胡椒味的，怀着忐忑激动的新鲜劲儿，像第一次加入少先队佩戴红领巾，我捧着软软的汉堡认真地咬了一口，又认真地咬了第二口。

崩溃。

又黑又黏的胡椒酱，滋味奇怪，难以下咽。我抬头看看我妈，再看看周围，大家明明都吃得比我香。由于担心我妈再次嫌我土，我勇敢地把汉堡吃完了，心情非常复杂。

可谁知道这种被全世界背叛的感觉，竟接踵而至。

第一次喝到固体状的酸奶，第一次吃到从水里捞出来的不仅不带汤还要蘸醋的饺子，第一次发现这个世界上除了尖椒肉丝还有甜甜腻腻的京酱肉丝，第一次端起撒了葱花和香菜的咸豆腐脑，第一次遇到放糖不放盐的西红柿炒鸡蛋。我狭隘的味觉突然就慌了，心里也慌了。

当我第一次涮北方的清汤火锅，发现锅底居然没有猪蹄和土鸡的那一刻，我不屑一顾，心想这清澈见底的一锅水，也能算火锅？但是新鲜的羊肉放在铜锅里烫一烫，芝麻酱里蜻蜓一点水，味道还真是绝了。

我妈带着我吃遍了北京，又一路北上，吃到沈阳、长春、哈尔滨，从中国人开的小馆子吃到俄罗斯人开的西餐厅，口味跨区域跨民族，食材上天又入地。那个寒假，我的每顿饭都像盛宴，我鼓励自己在带着冰碴儿的生拌牛肉里振作，也纵容自己在晶莹剔透的锅包肉里沉沦，彻底明白了我妈为什么说我土。

我梳着两条麻花辫子，穿着我妈在赛特给我买的羽绒背心，站在八达岭长城上第一次和两名陌生的外国友人合影。我暗下决心，总有一天要横扫地球，吃遍天下所有的飞禽走兽。回家的火车上，我妈给我买了一包真空包装的卤鹌鹑，啃起来奇香。

我妈看着我，就像端详一件艺术品，她说我出去见了世面，马上就洋气多了。

我光顾着吃，一心恳求我妈以后每次出差坐火车，都要给我买两包卤鹌鹑。

我回味着北方才有的盛宴，胃口大开，青春期长身体，无肉不欢。初中毕业，学校体检，班主任语重心长地提醒我注意身材，让我考虑减肥，我觉得他多管闲事，一笑而过。

中考完那个暑假，我住的小县城终于开了一家餐厅，叫麦琪汉堡，生意奇好，我第一时间又去吃了一回，香辣脆鸡堡的味道甩出胡椒汉堡好几条街。我看着餐厅里络绎不绝的人，盯着他们的嘴，捕捉他们吃这辈子第一个汉堡的表情，有种扬眉吐气的自豪感。我打包了个汉堡给我外婆，让她也赶赶时髦，可她咬了一口，摆摆手说太难吃了，问我中间的菜为什么是生的，说外面的饼还不如烧饼。我偷笑，觉得外婆比我还土。

后来我妈因为工作变动，从东北三省调到了粤东，再次刷新了我对食物想象力的极限。我虽然天生好吃从不挑食，也自认为见过世面胆大包天，但广东人还是让我觉得自己太孤陋寡闻。有一回跟我妈去汕头，听到我妈的客户们说要吃猴子，我问了我妈三遍是不是动物园那种猴子，我妈都说是。那一瞬间，我还是崩溃了，彻底忘掉了自己要吃遍飞禽走兽的誓言。我偷偷跟我妈说，你可别吃猴子。我妈说，你放心我不吃，吃了要遭报应。

我长大了，胆子反倒小了。干锅野兔，已经到了我敢吃的哺乳动物的极限。

高中学习压力大，食量也大。我妈跟单位申请，出差的时间缩减了一半，保证总能在家里给我做饭。她去的地方多，做菜手艺天赋异禀，南北口味融会贯通，但凡她吃到好吃的，就会默默地把食材和味道记下来，遇到吃不明白的，还会跑到厨房去找师傅耐心请教，然后回家第一时间做给我吃。

我家虽然深居内陆小县城，但米缸里永远都是我妈从东北运回来的香喷喷的大米，饭桌上随时都能从平平淡淡的鄂西风味变成精致的粤式小炒。原本我妈是出于好意，就为了能让我吃饱了好好读书，可是由于我妈做饭实在太好吃，以至于我每天吃饱了就困，根本没办法好好上课，经常因为中午吃得太饱，下午的数学课就大脑缺氧听不懂老师在讲什么。晚自习下课后回家，我还要风卷残云，就着中午的剩饭剩菜饱餐一顿，有一回我一口气吃了半个电饭锅的饭，我妈忍不住大发雷霆。

她骂我是猪，说我成绩不好，饭都白吃了。

可是饭，怎么会是白吃的呢！我胖了，真胖了。

高考前夕，别人的妈妈都给自己孩子买各种补脑口服液的时候，我妈看电视购物，给我买了一种非常甜的进口减肥食品，叫什么减肥朵朵粑，我吃了半个月，一点效果都没有，抑制食欲对我来说就是胡扯。我妈只好勒令我每顿最多吃一碗饭，还不让我压得太实，并没收了我的全部零食。

但还是晚了。

高中毕业，还是学校体检，身高一米六刚出头的我，再次称体重，我以为秤坏了，最后好话说尽，医生才勉强答应我在体检表上少写六斤，说那就凑个整数，一百二吧。我看着镜子里的姑娘，粗腿圆脸，虎背熊腰，一点也不好看。这才后知后觉，意识到高中这几年给我写情书的男生，欣赏的原来是我秀气的灵魂。

而不是我的脸。

伤心之余，再想想自己以前总是以貌取人的行为，觉得十分肤浅。

那一阵儿，每当我端起碗，我妈就会问我，你要吃，还是要美，我就如鲠在喉，第一次隐隐约约觉察到，最接地气的价值观，其实就是我们在最艰难的时候作出的那个选择。

虽然，胖是一种无法呼吸的痛，但是一想到没肉吃，我便更加心痛。思忖再三，我意识到自己的内心始终无法割舍年少记忆里的铜锅涮肉，觉得人生得意须尽欢，便毅然决然离开小县城，到北京念大学。

北方虽有盛宴，却气候干燥。我因为水土不服，刚到北京的那一年，几乎每个月都去医院报道。发烧挂水，体重直线下降，减肥效果强过任何减肥药。人一瘦，肆无忌惮，吃得更多，常常跟朋友三五成群，大街小巷地去胡吃海喝。

可我们都是吃不了猴子的同类人，最大的出息，就是经常跨越半个北京，去西四北大街排队买煎饼，或是开着车从望京跑到南小街吃卤煮。夏天晚上的据点，通常都在对外经贸大学对面的车棚烧烤，冬天沿着东河沿，去南门涮肉喝啤酒，清新脱俗。铜锅咕嘟咕嘟冒着泡，窗户上雾气蒙蒙，路上的车辆和行人影影绰绰，肉吃腻了，就来头糖蒜，大口吃肉，大口喝酒，吹牛不胖，又幸福又满足。

朋友笑我吃起肉来像个男人，成本太高不太好嫁人，问我如果一顿没肉还能不能吃下饭，我光是听就急了，说不能，绝对不能没肉吃。我外婆总说，人有多大胃，就吃多少饭，饭可以乱吃，话却不能乱讲，世事无常，任何事情都没有绝对。

外婆说得对。

我妈得了癌症，整整十八个月，我一口肉都没吃过，也照样把每顿饭都吃下去了。那时候病急乱投医，束手无策跑到雍和宫跪了三个小时，发愿说只要我妈身体健康，我愿意吃素不杀生。我妈知道后气急败坏，说我书都白读了，太愚昧。

问我，人如果不吃肉，身体还能好吗？女人不喝猪脚汤，皮肤还能好吗？如果吃素就能治病，还要医生干吗？她一口气说了三个排比句，气势磅礴，听起来都很有道理。但是我固执，觉得说出去的话就是泼出去的水，我说我在雍和宫见佛就跪，跪一次就说一遍心愿，绝对不能食言。最后我妈还是没拗过我，接受了我不吃肉的决心。

我妈配合医生，积极治疗。我遵守诺言，不吃肉也不杀生，连家里过路的小蚂蚁也不碰。刚开始吃素很痛苦，因为没有动物脂肪，饿得很快，经常刚吃完饭马上就饿，半夜有时候还会饿得睡不着，人一下子变得很焦虑，瘦了好多。有一回我馋得不行，做梦吃饭，夹了一块蒜香排骨，结果又在梦里清楚地告诉自己不能吃，于是放进嘴里的排骨，又被我吐了出去。早晨饿醒后我坐在床上大哭一场，觉得没肉吃的日子真的好辛苦。那时候每天早晨路过包子铺，看到店里的人吃肉馅儿的小笼包，真的就会多瞄两眼，羡慕得一塌糊涂，觉得要是能进去吃上半屉，简直就是人生第二大梦想。

现在两个梦想都实现了。

医生妙手回春，首先我妈的病彻底好了，她的精神甚至好过从前，其次我在朋友和我妈的反复劝说下，终于开了荤。但因为太久不吃肉，第一口老鸭汤，确实腥了一把。朋友带着我连吃了三天肉，可是真的也就新鲜了不到一个礼拜，我发现，肉也没有想象中那么好吃，有时候青菜煮面，似乎更爽口一点。

现在跟客户吃饭，山珍海味满满一桌，大家你来我往把酒言欢，但我的食欲却大不如从前，味同嚼蜡，经常走神。奇怪，这不就是我曾经心心念念的北方盛宴吗？高朋满座，热闹非凡，但盘子里的菜，味道怎么像是变了。

心口仿佛有一束光，沿着喉咙撞过来，把舌头上的麻辣鲜香都冲淡了。世人皆有六识，最先变老的原来是味觉。春风得意马蹄疾，一日看尽长安花，天南海北的缤纷筵席，吃份儿新鲜，吃不出团圆。

小时候我信誓旦旦，要吃遍地球，可眼下，走到北京，已经是我能从家里走出来的最远的距离。风风光光的北方盛宴，恐怕再使劲也推不到高潮了吧，因为生命里真正的高潮早就出现了：

我妈挽起袖子，在厨房三下五除二露一手：凉拌木耳、白灼芥蓝、丝瓜炒蛋、清蒸老虎斑，配一碗干贝白菜汤，添一碗喷香的白米饭。

四菜一汤，尽是滋味，千金不换。

直到有一天，你勇敢地承认，就算全部的爱和未来都变成了谜，就算所有的承诺都化作泡沫，都无法阻挡你对明天的期许，你就应该立刻从悲伤的梦里走出来，抓紧时间，去爱那个你深爱的人。

饮食男女

我因为睡不着，把床上的枕头抓起来又痛扁了一顿。

我已经换过各种不同类型和面料的枕头了，我曾经担心荞麦枕遇到泪水会发芽，嫌弃保护颈椎的记忆枕硬得如同河里的大石头，而桃皮棉的枕头呢，黏糊糊的好像永远都洗不干净。

上回，我买了一枚决明子枕芯的枕头，睡了不到两天，还没来得及挑它的毛病，就被酩酊大醉的顾万福耍酒疯给扯烂了。他对我嚷嚷说，自己在电视里看到决明子可以解酒，半夜三更非要用我的枕头泡茶喝。我妈没拦住，顾万福醉醺醺地拿起剪刀“咔嚓”挖了个洞，端着枕头就往茶杯里倒，结果杯口实在太小，决明子蹦蹦跳跳撒满了卧室。我打扫屋子的时候，恨得牙痒痒，决明子颗粒太小，钻到犄角旮旯真的很难弄。

后来我上网搜决明子的功效，说能解酒绝对是胡扯，但是的确能疏肝，降肝火，降血压。我把清扫出来的决明子洗洗晒晒，重新装进玻璃罐子里，拿给了顾万福。

我告诉他，酒喝多了总会伤肝，这些你留着泡水喝，每天一小把。我还说枕头那么大一包的决明子，能喝很久。顾万福酒醒之后觉得很歉疚，就跟我妈商量补偿的办法。最后顾万福送给我一个鹅绒芯桑蚕丝的枕头，摸起来滑溜溜的。

这天夜里，我痛扁完自己睡眠史上最昂贵的枕头之后，隐约意识到，也许失眠的痛苦不该归咎于此。我借着朦胧的月光，环视房间里的一切，想找出气筒。

一阵急促的电话铃声在夜里刺耳极了，客厅没有亮灯，我听见妈妈拿起听筒沉重地“嗯”了几声。翻出手机看了看时间，凌晨两点了，不用猜，电话那头一定又是喝得烂醉的顾万福。我爬起来反锁了卧室的门，定好闹铃，希望躺在桑蚕丝的枕头上，能梦见艾丁来娶我。

在奥林匹克公园的一片小山坡上，我第一次见艾丁。

那天公司欢迎新加入的运营总监，组织户外烧烤，姑娘们拾柴，几个老少爷们儿则围成一个圈，起炉子点火。十月末的北京秋天，金灿灿的银杏叶铺满了树林，有些折断的树枝刚从落叶堆里扒出来，湿漉漉的，还沾着泥土的味道。

艾丁举着我抱来的一堆树枝，说：“你信不信，就你拣来这几根，插土里，春天都还能发芽。”他说完真的又把那几根树枝认认真真插回土里了。

艾丁说：“打火机燃久了太烫手，握不住。”

那天烧烤的一行人，我眼里除了烧烤架上滋滋冒油的牛排，就只有为大家烤牛排的艾丁了。

艾丁问我:“牛排烤到几成熟?”

我说:“熟透啊，熟到再多烤一秒就会煳为止。”

艾丁属猴，比我大七岁，早年是国家跆拳道运动员，训练的时候因为膝盖负伤，所以提前退役，去体育大学念了本科。毕业后同班的兄弟们有人做了康复教练，有人开了道馆，有人考公务员去了体育总局。唯有艾丁，答辩通过那天，卖掉了所有奖牌和奖杯，再加上大学期间做私教和倒腾服装的钱，买了十把自己爱慕已久的紫砂壶，摇身一变，终于做回了弃武从商的文化人。

如果艾丁不说，我不会相信，面前这个样貌俊朗、笑容明媚、文质彬彬、举止优雅的男人会有一段野蛮的过去。在艾丁还是60公斤级的时候，曾经为了食堂里的最后一块糯米鸡，一个旋风踢，踢掉了武术系90公斤级一个胖子的三颗牙，由于当时艾丁没有负伤，所以糯米鸡作为赔偿之一，归了对方。我问艾丁，体育大学的糯米鸡究竟能有多好吃?艾丁说超级棒，那时候大家训练完洗个澡，像一群饿狼，冲到食堂一口气吃六块八块的不在少数。

我问艾丁最多吃过多少，糯米是多难消化的粮食。

四块，艾丁说。

我妈接完电话，半夜便没再睡着，她翻来覆去等着天明，早早就把刚睡着不久的我叫醒了。

半夜打电话的人的确是顾万福，从派出所打的。

五十八岁的顾万福夜里嫖娼被抓了，女孩二十六岁，跟我同岁。

后来我看了新闻，安慰我妈说："妈，顾万福不算年迈的，跟他一同被抓的还有个六十岁的社会公知，人尽皆知。"

我妈怒斥："顾万福是你随便叫的吗？喊叔叔！"

我妈很少上网，也不看新闻，每天守着电视剧来回换台，仅说《甄嬛传》她就看了不下五遍。她常常笑眯眯地说："梨恩啊，你这样的姑娘，如果放进甄嬛传里，最多也就能活到第六集。"她还问我，跟顾叔叔一块儿被抓的名人叫什么名字，还问他演过什么戏。

我说完名字，她摆摆头表示没听过，只默默地嘀咕了一句，"怎么还跟你一个姓。"

我叫薛梨恩，很小的时候我爸就出车祸去世了。我妈一直自己带着我，家里就娘俩，有许多不方便的地方，换煤气罐，冬天搬蜂窝煤，厨房的水管漏了，房顶的猫妈生了小猫，住在隔壁的顾万福都会来家里帮忙，里里外外，很关照我们。我妈常说，两个人的饭很不好做，多了吃不完，少了又不够一锅，让我去隔壁叫顾叔叔一块儿吃。

我大概知道一些顾万福的事情，知道他很年轻就离了婚，和前妻有个女儿，小名叫顾凉，比我大一岁。据说当年顾凉还没过百天，她妈就红杏出墙，被顾万福连人带裤子逮了个正着，然后离了婚。顾凉被她妈带去了南方，离开了北京的油条和豆浆，每天吃着肠粉叉烧，睡醒推开窗户，就能看见海岛另一端的香港。

顾万福经常三五年，才能见上女儿一面。

顾万福是个地地道道的老实人，一辈子没干什么出格的事儿，不能喝酒还老爱喝，常常就着一碟花生米来一斤牛栏山二锅头。我妈曾经断言，顾万福这辈子横竖也混不出史家胡同，往东混不出南小街，往西混不出东四。可没想到二十年后，顾万福居然因为嫖娼被抓，从二环内混出了北四环。

早晨的朝阳门大转盘，堵得水泄不通，我坐在出租车里看着计价器拼命地跳，足足花了两个小时，才赶到大屯派出所。顾万福好像一夜之间变老了，他看到我的时候尴尬地笑了一小下，皱皱巴巴的一张脸，好像再也揉不开了。

我交了罚款，给顾万福买了些吃的，留下五百块钱，派出所的民警说，就关十天，这些钱够够的了。

顾万福到最后也没问起我妈，只说顾凉一早就开始打他电话，也没敢接，让我把手机带回去，千叮万嘱，如果顾凉打电话找他，就说自己出去喝酒没带手机，千万别说自己嫖娼的事情。

我说行。

我和顾凉虽然年龄相仿，却没有太多交集，这几年春节，顾凉回过几趟北京，都在家里匆匆吃顿饭就走了。她吃得不多，有一年因为嫌炸酱面太咸，惹得我妈不开心，她觉得顾凉没礼貌。顾万福安慰她，说顾凉是孩子，还不懂事，南方菜吃惯了，有点儿挑食。我心里想，顾凉跟她的名字一样，凉飕飕的。

为了哄妈妈高兴，我吃光了所有的炸酱面，的确有点咸，害得我只好半夜使劲儿喝水。

去年冬天，顾万福被查出糖尿病，血糖13.8，还固执得像头犟牛，坚持不打胰岛素，说打了就得打到死为止，太麻烦。我妈为此跟他大吵一架，最后顾万福写了保证书，许诺从此少喝酒，多锻炼，严格控制饮食，好不容易才平息了她的怒火。几天后，顾万福就在少喝酒这句话后面补了个括号，里面歪歪斜斜地写着：

啤酒打死不喝，白酒还是可以少喝。

今年春节，顾万福第一次提出让顾凉回北京多陪他住几天。

我妈让我提前下载了很多粤菜菜谱，在家提前操练了半个月，吃的最多的就是双豆焖凤爪和紫薯银耳汤。艾丁也被我叫来吃过几回，他说好吃。

我说："你就知道拍马屁。"

那天喝着甜汤，我妈突然问艾丁："艾丁啊，你和梨恩在一起三年了，准备什么时候结婚啊。"

艾丁迟疑了几秒，正要回答，我却抢了话："妈，我还不想嫁呢。"

吃完饭，艾丁牵着我的手，从史家胡同的东口一直往北走，走到簋街向西拐，两人又吃了一顿麻小。艾丁给自己要了一瓶啤酒，照例给我要了一罐酸梅汤，他起开酸梅汤的罐子递到我跟前。

他说："梨恩，对不起。"

艾丁还想继续说些什么，但是我没让他说完。

我咬着吸管说:“艾丁，我妈不知道你已经结婚了，以后我也不会告诉她，你不要觉得抱歉。”

艾丁刚喝完一瓶啤酒，就满脸通红，我觉得，该哭的应该是自己，可艾丁却哭了。

那是我第一次见艾丁哭，一米八三的大男人，吃着麻小喝着燕京，两眼通红。

我说:“哎哎你别哭了，别人还以为我怎么着你了呢。”

我把眼泪都憋回了脑子里，摇头的时候都能听见流水声。我很想知道这段身不由己，迎难而上，会被很多人指责的感情，抽丝剥茧之后，是不是真的还会留下很多很多的爱。

在我所有对婚姻和爱情的认知里，在一切生命存在的意义里，这个命题变成了最大的谜。

顾凉答应了她爸的请求，春节回北京在家住了一个礼拜，我妈终于在餐桌上大显身手，讨了顾凉的好胃口，顾万福也格外开心。

顾凉回南方的前一晚，拉着我说了很久很久的话。我觉得，躺在旁边的顾凉像一只萤火虫，忽明忽暗，忽冷忽热。

顾凉说:“梨恩，谢谢你。”

我问她谢什么。

“谢谢你这么多年做了原本该我做的事情，像个女儿一样陪在我爸身边，让他做了爸爸该做的事情。他怪我妈辜负他，可是感情这种东西，真的谈不上对错，人不该薄情，也不该固执。你看，他虽然是我爸，但是我们父女的缘分却也注定很浅。你记得让他少喝酒，注意身体，多活几十年。我小时候刚到南方，觉得什么都很新鲜，路边的花坛有洁白的葱兰很漂亮，每天睁眼就是蓝色的大海，可是后来我家小区旁边建了一个渔人码头，每天归港的渔船都把死鱼扔在岸上，夏天天气热，开着窗户味道会很难闻……我遇见过很多期待生活能绚丽多彩的人，但是她们的期待最后好像都落空了。我好羡慕你呀，你妈妈做的双豆焖凤爪真的蛮好吃……”

顾凉说了很多，我模模糊糊听到这里睡着了。

我梦见顾凉在游轮的甲板上哭，霓虹都熄灭了。黑色的大海像凶残的怪兽，一朵巨大的海浪稀里哗啦拍在甲板上，卷走了顾凉。我吓得紧闭双眼，耳边立刻传来低沉的嗡鸣声，天旋地转。等我再睁开眼睛的时候，艾丁在旁边开着船，顾凉倚在门边，津津有味地啃着一大盘双豆焖凤爪，盘子有顾凉的两张脸那么大。海面风平浪静，从船舱里能听见甲板上轻盈的欢笑声。

第二天顾万福送顾凉去机场，上车之前，我看到顾凉的眼睛肿得像一只桃子。

我从派出所回来，在胡同口徘徊，还不知道怎么向我妈如实汇报顾万福嫖娼的事实。

这时候顾万福的手机又响了，我看到通话记录，显示已经有顾凉十多个未接来电，我担心有什么事情别再给耽搁了，便深吸一口气接了电话。

“顾凉，我是梨恩，你爸喝酒去了没带手机，有什么事吗？”

打电话的是顾凉的妈妈。

她说：“顾凉的日子不多了。”

“怎么了？”

“年前就检查出来了，胃癌，做了化疗，一直吐，不让她回北京她非要回，身体吃不消，一开始她不让我告诉她爸，说怕她爸知道了太伤心。她一直说，两个人联系少更好，疏远一些，牵挂就少一些，可是最近医生说癌细胞已经扩散到淋巴了，她这几天不吃不喝，糊里糊涂，总问我她爸是不是明天有时间带她去海边钓鱼。”

我挂了电话，蹲在胡同里的大槐树下号啕大哭。炎热的夏天，知了胡乱叫，狗胡乱叫，过路的三轮车胡乱叫，但我好像什么都听不见。我突然看到了同样的一群人，他们假借施善者的爱的名义，曾经向生命里迎面走来的陌生人们，不计得失地兜售自己的热情和赞美，却故意留给身边那些亲近的人冷漠和指责，比起那些明枪暗箭的侵略者，他们才更像是情感世界里真正的暴徒，狂躁愤怒，丑陋至极。

也包括我自己。

我妈比想象中要坦荡得多，在顾万福被治安拘留的十天里，她照常在南小街的菜市场进进出出，和街坊邻居家长里短，买菜逗狗看电视剧。

顾万福出来的前一晚，我吃饭的时候问我妈：“你是不是不爱顾叔叔，为什么你看着一点都不在乎。”

“怎么不在乎…… 顾叔叔今年五十八岁，他去嫖娼，只能说他承认自己老了。男人到了这个岁数，他突然发现自己不那么被需要了，是很可悲的。一个男人如果不被需要，变老就是一件很没尊严的事情…… 他这会儿还不知道顾凉的事情，他亲闺女以后恐怕是更不会回来看他了，以后他被需要的场合会越来越少，他也就越来越老，谁都是一样的，跟有钱没钱没关系，老了都会觉得孤独，挺可怜的……”

我妈没念过太多书，傻乎乎地过了半辈子，说出来的话听着别扭，但是好像也说得没错。

“妈，你孤独吗?”我问她。

“我巴不得能孤独呢，你赶紧嫁人，天天黏着我吵死了。”

我没搭话，我妈接着说：

“那天吃双豆焖凤爪的晚上，你和艾丁出去散步，顾叔叔说你怕黑，就去胡同口等你，他说看见你在美甲店门口的台阶上哭，没敢叫你。梨恩啊你以后不要随便哭，运气都哭没了，更别老在外面哭，有什么委屈就回家来，不想嫁，有妈陪着你。地上那么凉，坐久了对女孩子不好。艾丁的事情，这几年你不说，妈其实都知道，你是我亲生的，我怎么会看不出来…… 可是梨恩，你别怪他，也别怪自己，艾丁他有很多地方做错了，但是我能看出来，他真的在乎你、惦记你，妈觉得，这感情不能假，他才是最累的人。你俩的事，我以后不会再问，妈就希望你能高兴，怎么舒服怎么过。人一辈子，走走瞧瞧，吃吃喝喝，不生病，就是福气，如果能遇到自己爱的也爱自己的人，再发点小财，就是天大的福气。顾凉这丫头，福气浅了些，你回头能不能管顾万福叫声爸，也这么些年了……”

“妈，你这些都是电视剧里学来的吗？”我感动地想哭。

“你猜呢？”

“妈，你挺神，要不你也开个微博吧，写写段子，专门开导那些迷途的少男少女什么的，肯定粉丝特多。”

“你都二十六了还少女，你看你眼睛边上那褶子……行了，快吃饭，明天顾叔叔出来，咱做什么吃。”

“双豆焖凤爪吧。”我扒了一口饭。

“还得来块卤水生豆腐，电视里边，那些从监狱里出来的人都吃那玩意儿。”

这天夜里，我拿起手机，打开艾丁两个月前发的那条短信，他问我以后还能不能再吃我妈做的双豆焖凤爪，我一直没有回答。

也许，当你舍不得痛扁自己的爱人，也舍不得痛扁自己的时候，就去痛扁那个每天陪伴你入眠的枕头。直到有一天，你勇敢地承认，就算全部的爱和未来都变成了谜，就算所有的承诺都化作泡沫，都无法阻挡你对明天的期许，你就应该立刻从悲伤的梦里走出来，放过枕头，抓紧时间，去爱那个你深爱的人。

“我妈明晚做双豆焖凤爪，来吃哦。”

我发完短信，翻了个身。一个好枕头，贵得很有道理，我再也没有失眠。

一千个长胖的理由，都不如一个真心诚意爱你胖的她。
一千种减肥的借口，都不如一千零一个陪你奔跑的她。

一千个长胖的理由

1

鑫鑫出生的时候超重，他妈妈难产，生到一半肩膀卡住了，实在出不来只能剖腹，情况紧急，来不及打麻药。

鑫鑫妈妈原先不说脏话，可医生握着剪子对准肚皮咔嚓咔嚓，换了谁也受不了，她失去理智，扯着嗓子号叫："不生了！老娘不生了！老金你这个王八蛋，爽一下就完了，疼死了不生了不生了！再也不生了！"

老金的丈母娘激动地握着他的手，安慰他："没事没事，还能喊，说明劲头足，十个产妇八个骂自己的男人，九个说自己再也不生了，都是气话，气话，你看我，当时不也这么说，最后还不是生了她们姐妹五个。"

老金初为人父，已经很紧张，听见丈母娘说生五个，手心潮得更厉害了。

医生拧着鑫鑫的两根大胖腿，对筋疲力尽的鑫鑫妈啧啧称赞:“嘿，带把儿，真壮，好养好养，将来准是大个子。”

老金松了一口气，感谢自己的父母在天有灵，没想到三代单传，如今有幸一步到位，后继有人。

那天夜里，金鑫鑫的啼哭声像一把锋利的剪刀，将老金这辈子的时间剪成了两段。昨天，他是怎么鞭策都长不大的懵懂少年，此刻，他成了不论是否长大都必须迎难而上的鑫鑫父亲。

可老金对儿子的名字却不太满意。

金鑫鑫，虽然金多兴盛，但字面求财心切，浮夸不含蓄，不仅一眼望到底，还缺了文人神韵。

老金是保守派也是矛盾体，一方面他觉得，凡事可以参透，却不能点破，口不对心是一种礼貌，不温不火才是生而为人的大智慧；一方面他又觉得，精彩的生命需要温度，人一辈子得有那么几次赴汤蹈火的经历，炽烈且热泪盈眶。

这种人格的共同特征，无非是两个自我内部打斗，反复消耗。

在给儿子起名字的风波里，保守的老金，以为自己能占上风。

金鑫鑫这三个字，光芒万丈，火候太大了。

“不妥。”老金皱着眉说。

“有什么不妥的?”丈母娘立刻反驳。

都说姜越老越辣嘴，此言不虚，她早就做好了兵来将挡的准备，眼疾手快掏出一张小纸条递给了老金。

老金撇撇嘴，接过纸条，预测自己怕是要输了。

丈母娘在产房门口坐定，跷起二郎腿，搬出了一早准备好的五行八卦。她滔滔不绝，从日月星辰讲到昼夜寒暑，从风雨雷电讲到天地乾坤，庞大的知识体系让老金咋舌，平日里大字不识的丈母娘，是什么时候变成风水大师的？

老金不信金木水火土，插不上嘴，只好沉默。

丈母娘心满意足，把沉默当作默许，拍拍大腿说："那就这么定了！"

人一辈子会扮演很多角色，初为人父的第一战，老金认㞞，不战而退。

认㞞了一次，就有第二次、第三次……第一百次、第一千次。

2

小学三年级，老金被请到学校，鑫鑫的班主任以"破坏公物拒不承认"为由，让老金照价赔偿。

老金问鑫鑫："凳子是你弄坏的吗？"

鑫鑫说："是啊。"

老金又问："打架了？"

鑫鑫说："不是啊。"

老金不解："那是怎么回事？"

鑫鑫说："我就站起来回答了个问题，坐下去的时候就坏了。"

老金明白了，但也不明白："那老师怎么说你拒不承认？"

鑫鑫很委屈："坐坏凳子破坏公物我承认，但他们说我胖，我不承认。"

老金掏钱赔了凳子，把金鑫鑫从办公室领走了。

回家路上，鑫鑫停在街边摊买葱油小土豆，回头问老金：“爸，你说我胖吗?”

老金看着鑫鑫，像看着一座拔地而起的山，不知为何，怒从心中来。他伫立在堆满了小土豆的大铁锅前，大声回答：“回去问你姥姥去！”

鑫鑫接过土豆，拿牙签戳起三颗喂进嘴里，认真地说：“问过几百遍了，姥姥说我一点也不胖。”

老金恍然大悟，意识到事态的严重性，默默地告诉自己，不能再继续纵容丈母娘宠溺鑫鑫了。在合格的女婿和合格的父亲之间，他必须二选一。

老金摩拳擦掌，心想自己无论如何也是鑫鑫的亲爹，大不了把话挑明，跟丈母娘拼了，开场白他已经想好了：“妈，你给鑫鑫吃太多了，又不是喂猪。”

可无巧不成书，他话还没说出口，便失去了发言权。

那天放学回家，老金气势汹汹挡在厨房门口，硬是从丈母娘手里半路截下了一大盘红烧蹄髈，丈母娘一生气一跺脚一头栽倒，弹滑诱人的红烧蹄髈扣在地上，肉香四溢。

鑫鑫见状，号啕大哭。

总共三个救护员，加上老金，四个人合力，好不容易才将丈母娘抬上担架。救护车在夜色里横冲直撞，丈母娘身上的肥肉像被惊起的波浪，泛着一圈圈涟漪，荡漾在狭小的空间里。

老金知道，这一战虽然还没打完，但输赢已经当下立现。

天旋地转的蓝色车灯伴随着刺耳的警报声，理直气壮地拨开川流不息的车辆和人群，好像在说：“你们都给我闪开！”此时无声胜有声，为沉默的丈母娘举起了胜利的大旗。

3

八岁的金鑫鑫对生和死一知半解，不谙永别真正的含义，他跪在灵堂里，迷惑地看着旁人恸哭。

有人小声嘀咕：“白白胖胖的老太太，身体一直很好，怎么好端端的就死了。”

老金跪在旁边，回想起丈母娘生前对自己像亲儿子一样，悲从中来，再看看身旁早已哭成烂泥的鑫鑫妈，更加自责了。可他又不敢上前安慰，只好搂着鑫鑫的肩膀说：“以后你再也吃不到姥姥做的红烧蹄髈了！”

长大就是这样的一瞬间。

鑫鑫大概理解了什么叫永别，号啕大哭。

老金本是一句伤感的叹息，哪知炸开了鑫鑫妈憋在心底怎么都烧不开的那壶水。她一触即发，从地上弹了起来，指着老金边哭边喊，上气不接下气：“都怪你！我妈就是被你气死的！要不是你……要不是你……都怪你！”

前来吊唁的亲朋好友，总算抓住了团结一致的借口，气势汹汹，说着便要围上来。

鑫鑫见这么多人围过来，哭得越发凶了。

老金像犯了错的小孩，赶紧跪着往前挪了几步，对着丈母娘的照片磕了三个响头。一把拽住鑫鑫妈搂进自己怀里，再一把拖住胖鑫鑫也搂了过来。三个人抱头痛哭。

不抱不知道，搂了才明了。

鑫鑫太胖了。如果他再这么胖下去，老金一只手就搂不住了。

葬礼结束后没多久，老金在外面吃饭，做东的同事不知内情，点了一盘红烧蹄髈，老金触景生情，突然回想起鑫鑫妈在葬礼上说出来的气话，默默在心里为自己辩解了一番。

他端坐在饭桌边，心想：丁是丁，卯是卯，人，怎么是我气死的呢？明明是胖死的啊。

老金这么想确实没错，但也错了。

凡事都要讲道理，这个道理没错。

可是，家，本来就是个不讲理的地方，所以错了。

颠倒对错，明知故犯，说出来都是冠冕堂皇为了爱，管他什么是非黑白。

道理都是对外人才讲的，阿弥陀佛善哉善哉，多一事不如少一事。

4

老金吃一堑长一智，决定不再跟女人讲道理。讲得清楚算有福气，讲不清楚可是会要命的。

丈母娘尸骨未寒，他就算有十个胆，也不敢招惹鑫鑫妈。饭桌上，他绕开引发命案的红烧蹄髈，绕开让鑫鑫减肥的严肃话题，认认真真，埋头吃饭。

他倒是挺会安慰自己：鑫鑫还在长身体，减肥这件事，先缓缓，年纪小，日子长，胖一胖还来得及。那就等吃完这顿饭，再提也不迟。

鑫鑫妈的厨艺不负所望，继承了母亲的真传。她每天都变着花样给鑫鑫做好吃的。立春、芒种、小雪、冬至，就连诗人海子卧轨的日子她都不肯放过。清明节就更夸张了，她在母亲的灵位前摆一盘红烧蹄髈，再张罗些硬菜，笑眯眯地看儿子尽数吃下。

一年三百六十五天，每天三顿饭，即便不是满打满算，鑫鑫妈也有至少一千个大快朵颐的正当理由。

老金看着儿子，鑫鑫太胖了，胖得走路合不拢腿，满脸横肉挤得眼睛都像睁不开，简直触目惊心。他小心翼翼地问老婆："鑫鑫妈，你不觉得咱儿子稍微有点胖吗？"

鑫鑫妈稍稍迟疑："唔，好像是有点胖。但是，你看我们儿子身体多好，除了打疫苗和被狗咬，什么时候进过医院啊，嘴巴壮不挑食，身体好就行了。"

老金细细一想，也对，那就算了。

反正饭都做好了，那就吃完这顿再说。

鑫鑫兴致勃勃冲上饭桌："妈！今天什么日子啊！"

鑫鑫妈面露悲伤，熟练剥下红烧蹄髈的肉皮放到鑫鑫碗里，怅然地说："今天是你姥姥生日，她要是还在，该过七十大寿了。来，吃这个，蘸着点汁儿，味足。"

老金手一抖，滚烫的汤洒了半碗，烫得他醍醐灌顶，他拷问自己:“什么叫吃完这顿饭再说，吃完这顿，永远还有下一顿，吃完今天，还有明天。只要能大口吃肉，每天都是纪念日，没有尽头。我现在就说，不然就晚了。”

还是晚了。

鑫鑫狼吞虎咽，肉皮已经下肚，他正心满意足地擦着嘴上的油。

5

老金一鸣惊人，连跨好几级，升了个大官。

单位人多嘴杂，一夜之间纷纷传开了。有人羡慕，说老金这次走了狗屎运，捡了个大便宜，真有福气。有人嫉妒，为什么天上掉馅饼，偏偏砸中了老金呢。有人饿了，这些莫衷一是的猜测半个字也听不进去，上蹿下跳开始张罗:“不管不管，为了庆祝老金职场晋升，先找地方撮一顿。”

珍馐美味，样样都是最贵的。果然，吃人嘴软，拿人手短，众人拾柴火焰高，饭还没吃完，觥筹交错间，已尽是溢美之词。老金抿抿嘴，轻描淡写，会心一笑，领导架势十足。

这顿做东，老金的荷包失血瘦了一大圈。

可他的肚子，塞满了好吃的食物和好听的赞美，胖了一大圈。

进了家门两脚一踢，鞋子从沙发飞出去半米，吃饱了困，呼呼睡去。梦见老婆生孩子难产，他坚持给儿子起名叫金鑫鑫，丈母娘却嫌这个名字金太多太俗气，死活不同意，两个人在产房门口争得面红耳赤，口干舌燥，就渴醒了。

去客厅喝水，想想哪里不对，梦好像做反了。

再一低头看自己的睡衣，怎么也穿反了。他安慰自己：反就反了吧，睡了一半，就算脱了衣服换过来，也不能重新睡。

等再醒来，有些眩晕，摇摇晃晃到单位，办公室门庭若市，好不热闹。还没到下班的时间，晚饭已经约了三波。

手机铃响了，接起来，是鑫鑫。“爸，我妈问你晚上回不回来吃饭。”

“不回去，你跟你妈吃吧。”

“哦，爸，别忘了你答应我的生日礼物。”

“记得记得，已经预订好了，正托人从香港往回带呢。”

崭新的真皮办公椅可以来回转圈，窗外景色辽阔，金色的阳光像一针针麻药，老金有点晕。

自己的饭都吃不完，哪还有时间管胖鑫鑫啊。

6

金鑫鑫抱着老金送他的吉他，站在迎新晚会的舞台上唱歌。

没人知道，他的深情款款，都是因为她。

台下有人眼尖，一眼认出了鑫鑫怀里的Gibson 335，琴身霞光万丈，音色确实迷人，可眼睛雪亮的年轻人，说起实话格外难听，他们吹着口哨喝起倒彩：

“下去吧下去吧。”

“这么胖，抱什么吉他不一样啊。”

“别糟蹋音乐糟蹋Gibson啦。”

尖酸刻薄的话像咒语，将鑫鑫狠狠钉在舞台上，他紧张得忘了歌词，在人群里拼命捕捉她的影子，却发现她的座位空着，难寻芳踪。鑫鑫难堪至极，无计可施，只好在心里默念：如果停电就好了。

“啪！”眼前一黑。真的停电了。

台下一阵喧哗，有人摸黑冲上舞台，二话不说推着胖鑫鑫，吭哧吭哧就往舞台后头走。

鑫鑫这才发现，原来是她，难怪刚才她不在台下。

从小到大，一路胖过来的鑫鑫早就习惯了陌生人指手画脚，但这种喜忧参半的时刻还是第一次遇到。他心跳加速，紧张得一言不发。

还是她先开口，打破了尴尬：“鑫鑫，你怎么不夸我力气大？”

“你怎么知道我的名字？”

她抿着嘴笑而不答，露出两只浅浅的酒窝。

7

“妈，你疯了吧。”金鑫鑫推开面前的红烧蹄髈，说什么也不肯吃。

老金朝儿子脑袋轻轻一拍：“嘿，跟你妈怎么说话呢，不吃就不吃，什么叫你妈疯了，长大了倒不会说人话了是吧？”

鑫鑫不服，冲老金发脾气：“这红烧蹄髈我吃了十几年，你们看我都胖成什么样儿了啊，我妈她居然还说我不胖。爸，你以前不总说让我减肥吗？怎么现在也不说了？”

鑫鑫妈拉着儿子的手:“瞎说，你哪胖了，哪里胖了，一点也不胖。”

鑫鑫憋得满脸通红，急得直跺脚，无奈词穷，只能挤出一句:“妈，你敢发誓吗？你发誓，说我一点也不胖。”

鑫鑫妈没有发誓，默默看着比自己高出一个头的儿子，转身去厨房捧出蛋糕，小声说:

“饭都做好了，先坐下，吃完这顿再说，今天是我生日。”

鑫鑫一屁股跌在椅子上，对着蛋糕，暗下决心：我只吃一口，就一口。

鑫鑫抿了一口蛋糕上乳白色的奶油，又软又香又甜，就像她的酒窝，于是他又多吃了一口。

老金好久没在家吃饭，这顿饭吃得格外香，红烧蹄髈入口即化，太久不吃还真挺想的，忍不住多夹了几筷子。

鑫鑫妈看着鑫鑫剩下的大半块蛋糕，看着大快朵颐的老金，以为太阳从西边出来了。

8

老金早晨穿裤子的时候，皮带又往后退了一个扣。

这几年，送上门的饭和送出去的饭，哪顿都没白吃，腰围渐长。站直了低头，都看不见自己的脚。人胖了，底气足，嗓门远大过从前，脾气也是。

他跪在玄关换鞋，可肚子太大，实在费劲，便冲里屋嚷嚷:“鑫鑫妈，我这裤子你怎么买的，这不还是小了嘛！”

“哪是裤子小了，是你又胖了。”没人搭话，鑫鑫妈继续说，“行了行了，我再去给你买大一号的。”

还是没人搭话。

鑫鑫妈走到玄关，老金半蹲着靠在鞋柜上，一动不动。

救护车在清晨的早高峰里横冲直撞，老金肚子上的肥肉像被惊起的波浪，泛着一圈圈涟漪，荡漾在狭小的空间里。

手术室的灯亮了，鑫鑫妈坐在门口心急如焚，看着小护士们进进出出，满脑子都像在敲鼓：老金到底能不能行？怎么刚刚送进去的小推车，又原封不动推出来了？

画面好熟悉，像是在哪见过。

鑫鑫赶到医院的时候，老金已经被关进了重症监护室。医生摘下口罩，拉着张脸，毫不客气：“这次幸亏抢救及时，脑血栓伴心梗，血脂太高，平时吃得太好，胖出来的病，要想多活几年，务必减肥。”

鑫鑫隔着玻璃，惆怅地望着双眼紧闭的老金，跟他妈嘟囔：“妈，等我爸出院了，你可再别给我俩做红烧蹄髈了，这不行啊，这吃多了要钱是小事，要命是大事啊。”

平时感冒发烧药都不吃的老金，哪曾想过，自己这次在医院一住就是一个多月。多年不见的老同学提着水果篮来探病，见到老金和鑫鑫吓了一跳：“我说老金，你真行啊，鑫鑫身上的肉怎么都长你身上啦。”

老金说话还不太利索，口齿不清，细细辨认，像是在说：“领导不好当。”

老同学一听急了："瞎说，领导怎么还不好当，你不想当我来当。"

若不是老金腿脚不方便，他真想跳起来，把那些山珍海味都双手奉上。

谁喜欢谁拿去，全拿去，都不要了。

这种时候，多余的饭不想吃了，好听的话也不想听了。

老金深深吸了口气，悠悠吐出来，庆幸自己没有步丈母娘的后尘，老天垂怜，不是胖死的命。他拉住大夫说躺在医院过年不吉利，硬是在除夕前办了出院手续。老金喝了一个月稀粥，嘴巴淡得很，对红烧蹄髈这样的硬菜心心念念。

可鑫鑫妈只端出几盘清淡的小菜，坐下就开吃了。

老金努努嘴，不满意："就这啊？"

"对啊。"

"这就完了啊？"

"完了啊。"

"我说你们女的怎么总搞极端，大过年的你倒是来劲了。"

"大过年的怎么了，以前你哪天不是过年，大难不死必有后福，你还能活着回家吃饭，见好就收，差不多行了。"鑫鑫妈的话不无道理。

老金饿极，想荤腥想疯了，吃了口炖蘑菇，也像是有肉香。

也罢，总比稀饭好吃。

饭吃了一半，鑫鑫妈冷不丁说了句："老金啊，要不等暖和点，我每天陪你去跑跑步吧。"

老金打趣:“你说实话，你是不是怕我跟你妈一样，一不小心胖死了。”

鑫鑫妈一生气，掉了几滴眼泪:“你会不会说人话啊，胖死你算了。”

鑫鑫看不下去了，放下筷子，郑重其事地宣布:“我要结婚了。”

老金一口饭差点喷出来，还没等开口，就听鑫鑫妈问:“你想好啦?”

“想好了，就她了。”

老金看看儿子，看看老婆，以为自己脑血栓后遗症，是不是失忆了，小声问道:“鑫鑫，你这是要跟谁结婚?”

9

鑫鑫坐在婚车里，紧紧握着她的手，终于问出了自己很久以来的疑问:“那天舞台的电闸是你拉的吧?”

她扭过头，奇怪地看着鑫鑫，露出两只浅浅的酒窝，不像是撒谎:“什么电闸?”

“就是那次迎新晚会，我在台上唱歌，舞台突然黑了。”

“那不是停电了吗。”

“还真是停电了啊，挺巧。”

“怎么啦?”

“没什么。”

10

老金以前在单位，吃了不知道多少顿同事孩子的喜酒，结婚的、满月的、抓周的，这次终于轮到了自己。他带着儿子和儿媳妇穿梭在酒席间，笑得合不拢嘴。

一圈下来，一对新人终于转到最后一桌，桌上都是鑫鑫的大学同学。

鑫鑫不胜酒力，已经有些晕，有人在背后拍了拍他的肩。

一个瘦瘦的女孩子端着酒杯，浓眉大眼，齐耳短发，穿了件深棕色的麂皮马甲，格外精神。

这谁啊？

鑫鑫看得有些出神，但硬是没想起来。

“金鑫鑫你怎么这么忘恩负义啊，连我都不记得啦？”

听她这么说，鑫鑫更着急了，挠着脑袋有点不好意思。

女孩摆摆手，赶忙打圆场：“哎呀也不怪你，我得瘦了五十斤呢，以前我跟你一样胖，记起来了吗。”

“噢！我想起来了！”鑫鑫拍了拍脑门，恍然大悟，眼前这个人，不就是当初那个全校最胖的姑娘吗。不得了，不得了，果然还是瘦了美。

“你是方圆！无规矩不成方圆的那个方圆，没错吧？你现在一点也不圆了啊，怎么瘦下来的啊。”鑫鑫开起了玩笑。

方圆有些得意，顺着杆子往上爬，对着一桌子同学炫耀：“要瘦还不简单，当我发现自己有一千个长胖的理由，就给自己找一千零一个减肥的借口。怎么样，当年我在学校胖得无人问津，你们谁正眼瞧过我啊？怎么样，现在你们是不是都特别后悔？唉，后悔也来不及了，谁让你们没眼光。”

旁边有人冲新娘子起哄：“嫂子，还是你有眼光，胆子大，众目睽睽下敢冲上台，那天你要再慢一步，鑫哥可就被方圆抢走啦。”

方圆脸色突变，赶紧岔开话：“瞎说什么呢，喝酒喝酒，来，鑫鑫我祝你和嫂子百年好合，早生贵子。”

方圆仰头喝光了杯子里的酒，凑到鑫鑫耳边悄悄地说：“金鑫鑫你还不感谢我，要不是我拉了电闸，你能娶到自己心爱的姑娘吗？”

方圆说完便坐回席间，旁边一群姑娘凑过来，一边吃着甜点，一边迫不及待地向方圆讨教减肥秘诀。

方圆言简意赅，只讲了句：“失恋就瘦了。”

鑫鑫还没走远，不知道这句话他听没听到，紧紧抓住了新娘的手。她抿着嘴微微笑，脸蛋红扑扑的，浅浅的酒窝愈发醉人了。

“刚才方圆跟你说什么啦？”

鑫鑫微微一怔，说：“你猜。”

她嘟着嘴，有点不开心：“这我怎么猜得到。”

“方圆说你身材好，屁股大，能给我生儿子。”

酒过三巡，菜过五味，宴席散了多半，还剩老金几位旧友，晃晃悠悠靠着椅子背，把着酒瓶子不撒手。

“老金啊，来，再陪老哥干一杯，我可是看着鑫鑫长大的，今天他娶媳妇，我高兴，你看你，当爹的，喝这么几口怎么行。”

老金一根筋，觉得丁是丁，卯是卯，自从出了院，以前的拗劲又回来了。

“行，那我再抿一口。但今天不喝了，回头到家里喝，让鑫鑫妈炒几个下酒菜。”

鑫鑫妈推搡了他一把，小声说：“鑫鑫大喜的日子，你喝就喝点儿，别扫兴。”

老金摆摆手，一本正经：“那不行，酒喝三分醉，饭吃七分饱，好吃好喝不能这顿全吃了，还得给下一顿留个念想。”

鑫鑫妈白了老金一眼，撂了句话就去门口送客了。

她说：“老金，你什么时候也变得这么惜命了。”

老金为什么贪生怕死，他自己心知肚明。哪天自己如果真走了，鑫鑫妈就要一个人吃饭了。

11

医生推开产房的大门，说鑫鑫有福气，喜得千金。

老金一听是女孩儿，拉着鑫鑫妈，盘算着还得让儿媳妇养好身体，吃点好的补补，然后接着生。

但丈母娘喜欢孙女，正中下怀，说女孩好，更贴心，眼睛笑得眯成一条缝，问鑫鑫：“孩子名字想好了吗，我上周去庙里，顺便给算了一个。”边说着，边从兜里往外掏小纸条。

鑫鑫料事如神，早就做好了准备，还没等纸条递到跟前，就抢在丈母娘前头，先张了嘴：“妈，名字我早就找人算好了，大师说这孩子是个强金的命，立春是甲木，金克木，己克者为财，木是金的财星，字里得带着木，就叫金槿。”

老金斜倚在长条椅上，饶有趣味地看着眼前的一幕，啧啧点头，不禁暗爽：“不愧是老金家的儿子，硬气，比自己当年有出息。”

那天夜里，女儿的啼哭声像一把锋利的剪刀，将鑫鑫这辈子的时间剪成了两段。一个孩子哭，好几个孩子便跟着一块儿哭。哭声在医院的走廊里此起彼伏，嗷嗷待哺。

鑫鑫抱起孩子，有点不知所措：“哎呀是不是又尿了，我看看。”

掀起小被子看了看，也没搞懂，说：“这也没尿啊。”

那一定是饿了。

宝宝使劲吮吸着妈妈的乳汁，柔软的眼睫毛湿漉漉地趴在脸上，呼吸里散发着浅浅的奶香。鑫鑫怕孩子噎着，一边轻轻隔着襁褓轻轻拍，一边自顾自地念叨：

“慢慢吃，别着急。”

这回我可得把你看好了，千万别像我小时候那样，长成个胖姑娘。

12

那几年为了减肥，鑫鑫从网上找来数不清的教程，因为坚持不了，无一奏效。

他甚至还买了本书，叫《减肥的一百种方法》，可书里既没讲饮食规律，也没列运动计划，只说了一百个人一百次失恋的故事。那些失去了爱人的人，仍然痴心一片，他们茶饭不思、夜不能寐，在痛哭中暴瘦。

她从鑫鑫手里夺过书扔进垃圾桶，说："这些故事都太片面，不看也罢。世界上有这么多伤心的灵魂，他们中至少有一半，选择化悲伤为食量。自己吃的饭自己长的肉，就要自己受。鑫鑫你别担心，我爱你胖，你什么样子我都爱，但你如果自己实在不喜欢，那我就陪你去跑跑步吧，只要你跑，我都陪着你。"

鑫鑫跑了整整两年，瘦了六十多斤，他报名参加了秋季马拉松，到终点的时候，他把她抱在怀里，说："我们结婚吧。"

那天晚上他带着她回家吃饭，老金在外面应酬，鑫鑫妈烧了一桌子好菜，吃着饭鑫鑫突然跟他妈说："你看我爸现在都胖成什么样了啊，要不你也陪他跑跑步吧，别回头跟我姥姥似的。"

"呸呸呸，乌鸦嘴，胖就胖呗，人到中年发福不是很正常吗，能吃是福，你懂不懂。"鑫鑫妈夹了块肉给鑫鑫，有些埋怨："我看你现在瘦得像只猴，以前那样多好啊。来，好不容易在家吃顿饭，多吃点儿。"

13

鑫鑫妈说得没错，能吃是福。

婴儿刚出生，就无师自通，饿了哭，知道找奶喝。

人活着不就是为了吃点好吃的吗？

但前提是：先好好活着，才能和自己爱的人长长久久地吃。

鑫鑫第一次带女朋友回家，不小心吃得有点多。

她知道鑫鑫的心思，主动提议:“鑫鑫我们别坐车了，跑回去吧。”

话音未落，鑫鑫已经抢先跑了。

傍晚的天空霞光万丈，星星悄然升起，吃饱喝足的行人懒懒地走在街头，缩着脖子沉默不语。有人远远地听见一个女孩子喊着:“鑫鑫你等等，我都跟不上了你了呀。”

鑫鑫不跑了，转过身停在路口喘气。他的目光穿过人群，穿过霓虹，一眼就看到了她，像一只笨拙的松鼠，连蹦带跳朝自己跑过来，浅浅的酒窝比晚霞还要惹人心醉。

一千个长胖的理由，都不如一个真心诚意爱你胖的她。

一千种减肥的借口，都不如一千零一个陪你奔跑的她。

也许等我真的准备好，告诉弟弟这个世界的真相。所有精心慢炖的心灵鸡汤大概只剩下一句话：抱着你心爱的姑娘，吃肉喝酒飞奔，简单粗暴地去喜欢去憎恨。

他是一团胖肉

我有个弟弟，比我小十岁，小时候脑袋很圆，身体也很圆，像一团胖肉。

他很贪玩，也不爱写作业，学校经常请家长。弟弟每次翻开作文本，就说要削铅笔，一支接一支，磨磨蹭蹭能削满满一文具盒。刚开始我会坐他旁边帮忙，用过铅笔的人都知道，钻笔刀削得太尖，笔芯容易断。所以常常都是我弟用钻笔刀先削个基本形，笔芯露出来又不是很尖的时候，我拿一把小刀，桌上垫张纸，帮他一点点磨笔尖，黑色的粉末有时候黏在手上，油亮油亮的。

后来我发现弟弟隔三岔五削一堆铅笔，可文具盒没几天就空了。我问他铅笔去哪了，他告诉我又借给谁谁谁了，别人没还给他。我后来才知道弟弟其实是不想写作业，于是我眉飞色舞地跑去跟我妈告状，然后我妈派我去给弟弟买了自动铅笔。

自从我们剥夺了弟弟削铅笔的机会，他就开始便秘了。

只要翻开作文本，就说肚子疼，一进厕所就是半小时不出来，我趴在门口听，什么动静都没有。有几次我妈派我悄悄推门进去看，就见他撅着屁股，身体往前探，脏兮兮的胖手认真抠着墙上的白瓷砖，其实墙上什么都没有。他发现你在看他，就立刻装出一副拉不出来又很努力而且很痛苦的表情给你看。

我看着弟弟因为拉得太用力憋得通红的小脸，便劝他："拉不出来别拉了，擦完出来写作文。"

他会更加使劲，然后用吃奶的力气回答我："姐姐……我……我的肚子真的好……疼……"

因为写作文这件事，弟弟经常被我妈揍，可是挨完打，作业也还是得写。然后我弟就默默地哭，也不敢哭出声，边抹泪边说："姐姐我真的不会写……"还用手不停地搓作业本的边儿，本子被卷得乱七八糟。

很多次我看见他被我妈揍完后扔进房间，坐在写字台前的身影被橘色的台灯照亮，真的很像一团晶莹剔透的胖肉，我就觉着很心疼，所以也拿本书回房间假装看，其实是陪他一块儿关着，我躺在床上跷着二郎腿念一句，他就趴在桌前写一句。

那时候，我最喜欢弟弟的作文题的类型基本都一样，比如我最爱的人、我的某某、我最难忘的一件事，每次我都让他写：

"我的姐姐长得很漂亮，眼睛很大。"

"我的姐姐唱歌很好听，我很喜欢听。"

"我今天和姐姐去溜冰，姐姐穿着溜冰鞋像一只可爱的小燕子。”

他年纪小反正也不懂，就觉得作文总算写完了可以出去玩。我和我妈也很高兴。

有时候他也自己写作文，比如看图说话。弟弟有篇作文，我至今想起来都觉得很好笑。书上有一副黑白的图片，图上有条小河，河边有树，有很多小朋友在河边玩耍，作文要求是描写春天的景色。

然后我弟弟是这么写的：“春天来了，小朋友们都在玩，小明在抓鱼，小红和小花在跳绳（绳不会写，写的拼音），小丽在扑蝴蝶（蝴蝶不会写，写的拼音），他们玩得满头大汗。”

我又好气又好笑，问他怎么看出来图画上的人玩得满头大汗？我忘了弟弟是怎么回答的了，但是最让我难忘的是接下来发生的事情。因为我发现弟弟少写了一个小朋友，图片上那棵大树旁边还站了一个小男孩。我就问他，这个小孩在干什么？弟弟看了一会儿，把作业本从我手里扯过去埋头开始改，改完之后我拿来看了一眼，笑得差点背过气去，他把原本末尾的句号涂成了逗号，然后郑重其事补了一句：“小刚在旁边看他们玩。”

我一边笑一边拿着本子去客厅找我妈给她看，结果我妈说写得挺好啊。我弟听见自己被夸，有点得意，我看着他圆溜溜的脑袋堆满了严肃认真的表情，也就不笑了。

后来他长大了，自己能写作文了，我经常拿这件事出来逗他，我说你还记不记得当年的小刚呀，他说姐姐你肯定是编的，我不可能写这种幼稚的东西。

你看，长大了果然赖账，不承认了吧？

弟弟记不住小刚，但其他事情记得可非常清楚。

那时候家里有台电脑，我喜欢在聊天室聊天，弟弟喜欢打单机版的红警，他作业不会写，打游戏却是无师自通。我们两个人为了电脑经常大打出手，我推他，他推我，推着推着就真的打一架。我妈说，你们太不像话，隔着十岁怎么还能打起来？于是一气之下拔了电源说两个人谁也别玩了。我和弟弟悻悻地跑去客厅看电视，为了换台，又重新打一架，他抢不过我的时候，就气呼呼跑去打鼓。他从小学架子鼓，我妈给他买了一整套放在家里。我把电视声音开到最大，弟弟的鼓也敲得震天响，邻居们气急败坏跑来敲门，斥责我们声音小一点，否则楼要塌。

有个弟弟不孤单，打打闹闹其实很幸福。但他毕竟年纪比我小太多，足智多谋不如我，所以经常因为抢不过，自己气得眼圈红红的，我看着这个泪眼婆娑的小胖子觉得特别可怜，偶尔也会故意输给他，让他得逞一下。

我和弟弟从来没有真的互相生气超过两小时，但有一次，我一气之下把他的游戏从电脑里卸载了。他在家号啕大哭，趴在床上伤心欲绝，说辛辛苦苦打出来的进度都没有了，一直哭了好久好久。我不知道是什么意思，隐约觉得自己应该是犯错了，于是又帮他把游戏下载了。但是弟弟依然伤心得晚饭都没吃，我妈把我教育了一顿。直到第二天上学，我弟还在生我的气，但是放学回来翻开作文本，弟弟又怏怏地跑来找我了。

“姐姐，这个我不会写。”

胖胖的他，胖胖的脑袋，胖胖的手，圆溜溜的。我说：“你怎么这么胖，我小时候比你瘦多了。”说着便怀着前一天的内疚帮他写作文。

我妈不知道，其实那些年，我不是只帮弟弟写过作文，他每个学科的作业我都写过，还有寒暑假作业，我做起来飞快，他站在后面帮我捏肩捶背。等我妈来房间视察，我们马上换位置，他飞快地坐回书桌前，摆出一副冥思苦想的样子。

可能也是家里不怎么太平，弟弟跟同龄人比，还算懂事。

我和弟弟住同一个房间，我妈给定做了一张实木的高低床，弟弟睡上铺，我睡下铺。每次睡觉，弟弟都是让我先钻到被窝里，确认我躺好了，盖好被子了，他才自己爬上去，顺便关灯，因为开关的位置比较高，所以正好他爬上梯子能够得着。

有时候他去上铺，我会故意挠他的脚。为了躲我，他就加快速度“噔噔噔”往上爬，我像是看到一颗长了双胖脚的肉丸子，稀溜溜滚上去。但其实我也是经常悬着一颗心，怕他一脚踩空摔下来。

他像一只跟屁虫，成天跟在我后头。我最喜欢过年的时候，骗他的压岁钱。每次我都说，来，姐姐带你买鞭炮去啊。然后用他的压岁钱给他买那种最便宜的一摔就响的鞭炮，买半袋子也花不了多少钱，剩下的零钱我就揣进自己的兜。也不知道弟弟是装傻还是真傻，由着我骗他。后来有一次吵架，弟弟委屈地大哭，对着我喊：“你以为我不知道你每次骗我的压岁钱吗？妈妈早就告诉我了！你不要以为你比我大就能欺负我。”

弟弟边说边呜呜呜地哭，我说你一个男孩子，怎么老是哭，像姑娘一样。他用袖子抹一把脸，白我一眼，继续打他的游戏去了。

人不能拒绝长大，第一次觉得弟弟长大了，我的心还稍微抽了一下。

那时候高二谈恋爱还被称作早恋，我和一个比我大一级的男生恋得热烈。每天他都给我写情书，我们早晨约好一起到学校，放学一起去学校门口吃牛肉面或者炒米粉，形影不离。然后就被他妈发现了，因为有一天他上学，不小心把电话本落在家里了，然后他妈妈就打电话到家里跟我妈妈大吵了一架，说他儿子高三，我影响了他儿子的学习。

那天放学回家，我妈当着弟弟的面狠狠骂了我一顿，说了很多至今想起来都很难听的话，弟弟吓得不敢吱声儿。我觉得很委屈，觉得妈妈根本不理解我，也根本不懂爱情，我心里还责怪她不相信我和那个男生的感情可以永恒。一气之下我摔门就出去了。

走出去大概不到一百米，我就蹲在地上号啕大哭，弟弟不知道什么时候蹲在了我旁边，他小心翼翼地拉了拉我的衣角，说了几句不像六岁孩子说的话："姐姐你别哭了，把身体哭坏了，你不要怪妈妈，她不是故意的。"

冬天晚上天很黑，路灯昏暗，谁能信那是六岁的弟弟跟我说的话？我看着他，他刚洗完澡穿着拖鞋，大概是因为着急和担心，连袜子都没穿，我问："你想不想吃果冻？"

我看见一团胖肉朝我点点头，我让弟弟回去穿好衣服再出来，我们赶在超市关门前买了一大堆果冻，两个人吃得非常开心。

后来那个男生喜欢上了我们隔壁班的一个短头发的姑娘，姑娘皮肤很白，声音很嗲，腿比我的细，我就和他分手了。

这件事过去了十多年，那个男生早就结婚了，娶了我不认识的姑娘，在不同的城市，过着不同的生活，这段看起来幼稚的感情虽然不欢而散，但是回忆依然清甜。所以当我妈气冲冲地打电话给我说弟弟谈恋爱了的时候，我第一时间制止了她想要棒打鸳鸯的冲动。

挂了电话，我立马给弟弟发了条短信："她的照片发来看看呀。"

弟弟果然很了解我，很快回复："没你好看，放心哈哈。"

从小我就跟弟弟说，长大了交女朋友，不能比姐姐好看呀。他答应过我的。

然后我问他："你生日快到了，要什么礼物，姐姐给你买。"

短信发出去，我就后悔了。

吃人嘴短，拿人手短。那些年骗来的弟弟的压岁钱，被弟弟一块手表就要回去了。前几年他经常发消息给我，姐姐我手机要欠费了，姐姐我要买辆自行车，姐姐我这件毛衣配这条裤子不好看。

我捶胸顿足跑去找我妈，我说你为啥要给我生个弟弟，为啥不给我生个哥哥。我妈也后悔，说："我为啥要生你们两个？"

因为爱。

高中毕业我离开家，弟弟才七岁，胖乎乎的，他自作主张抱出自己的存钱罐，满满一罐子钱全给我了，那是他从小到大攒的全部的钱，沉甸甸的，他说姐姐你拿着花。我到北京不到一个月就全部花完了，但最后还是留下了一枚硬币，一直小心翼翼地收着，连同弟弟当年许下的愿望。

愿望是我走的时候让他许的，我拿出朋友送我的生日礼物，是一个精致的玻璃瓶子，瓶口有个木塞，弟弟在纸上写了个愿望，塞进了瓶子里。我后来悄悄打开瓶子看了一眼，上面歪歪扭扭夹杂着拼音写着："希望天下的乞丐都有饭吃。"

这个瓶子我准备将来等他结婚的时候送给他，不知道他七岁时候的愿望，和二十七岁时候的愿望，会不会不一样。

自从离开了家，弟弟长得很快，每次见他都高了一大截，每次都是匆匆见面，匆匆告别。我离家太远，离他太远，错过了他的青春期，也错过了他的成长。有时候想起来，心里就会酸得想哭，生怕再看见弟弟，他恐怕高得我抱都抱不住。

弟弟前几天打来电话，听见我咳嗽，指责我没把自己照顾好，问我家里是不是没有药，劈头盖脸说了我一大堆。挂了电话我就哭了。是呀，好久没见他，真的很想他。

我突然意识到，弟弟是什么时候开始变声的啊？他奶声奶气的声音已经有很久很久都只出现在我的梦里了。我走了以后，他的作文都是谁帮他写的呢，他还会不会记得自己在看图说话里写过的春天里的小刚。他遇到了人生中第一次真正的爱情，他的篮球打得很棒，一定有很多姑娘为他喝彩、送水。以后我叫他胖肉，他会不会不喜欢这个名字了……

我很想在他人生启蒙的时候跟他讲道理，告诉他挫折会让好人变得更好，让坏人变得更坏。告诉他二十岁的时候不喜欢的东西，不代表三十岁的时候不需要。告诉他想要迎接成功，就一定会面临失败，想要拥抱财富，就一定会面临贫穷。告诉他正是因为被伤害过知道疼痛，才更不能伤害别人。

也许等我真的准备好，告诉弟弟这个世界的真相。所有精心慢炖的心灵鸡汤大概只剩下一句话：抱着你心爱的姑娘，吃肉喝酒飞奔，简单粗暴地去喜欢去憎恨。

虽然一个人活着的时候，会和很多人开玩笑，不讨厌一些人，对少数人有好感，与极少数人发生故事，最后与一个人或没有人在一起。但是，人，这么几十年，终究还是要两个人在一起生活的呀。

北京牛仔

1

北京刚刚入夏，郊区的晚上很凉爽，空气也稍微好一些。傍晚刮了一阵大风，雾霾散尽，噼里啪啦下起了雨。王大夫懒得拿伞，锁好库房冲回值班室，阿良已经摆好了下酒菜，正往王大夫的茶杯里倒白酒。

王大夫说:“行了行了，别光给我倒，你年轻你多来。”

阿良扭扭捏捏:“不行，我妈不让我喝。”

王大夫拿毛巾胡乱擦着头上的雨水，调侃道:“你都多大了还这么听你妈的话，跟娘们儿似的，你妈昨天送你来，是不是让你听师傅的话?”

阿良点点头。

“来，我像你这么大的时候，每天有酒有肉有姑娘，记住，男人不喝酒活得像条狗。”王大夫一边说话，一边把阿良的茶缸子倒满了。

阿良又点点头。

我从厨房里把凉拌猪耳朵端出来，正好看见王大夫一仰头，把酒瓶子里剩下的酒一口闷了。

2

王大夫有个绰号叫“闪电一口闷”，以喝得快、喝得多、喝不倒在全北京的农场界远近闻名，堪称“一哥”。不论跟谁喝，他都胆大包天，一马当先，劝酒相当有一套：

一两二两漱漱口，
三两四两不算酒，
五两六两扶墙走，
七两八两还在吼。

有一次，上边派一位姓马的主任下到农场视察，跟王大夫喝过一次酒。

马主任跟王大夫同岁，但是坐办公室，保养得比较好，看起来比王大夫年轻得多，几杯酒下去，马主任开始说话了：“小王啊我跟你说，哎我跟你说，你，工作做得不错！牛，你养得也不错！领导们都很满意！有啥问题你跟我讲，哎你跟我讲，我帮你解决。总在基层，也不是个办法，你呀多琢磨琢磨，琢磨琢磨。我是听说你喝酒很出名啊，这酒，的确是好东西，但是老婆也很重要，年纪不小，该找也还是要找的呀。”

王大夫生平最恨两件事：一是打官腔，二是管闲事。很不幸，马主任全占了。王大夫端起酒杯气宇轩昂：“马主任你说得对着呢，我一定抓紧找老婆，俗话说，酒逢知己千杯少，话不投机大口喝——来，马主任我们大口喝着，走一个，来走一个。”

马主任那天喝多了出洋相，半夜三更非要光着膀子去母牛身上找奶喝，可把一旁的王大夫乐坏了，最后他们把马主任抬回车里拉到市区，开车前，马主任的随行小秘书狠狠瞪了王大夫一眼。据说马主任第二天醒来的时候，还在医院输着液，但他断篇儿了，他说他听到的最后一句话是：酒逢知己千杯少。后边的都不记得了。

谁知道他是真忘了还是假忘了呢，不管怎么样，王大夫“闪电一口闷”的外号还是传开了，马主任晕了整整三天。这件事传得沸沸扬扬。后来领导下去视察，只要王大夫在，几乎没人愿意留下吃饭。

3

王大夫边喝酒，边把自己叱咤酒桌的经历头头是道地讲给阿良听。

阿良问：“师傅你真的一次也没醉过吗？”

王大夫端着的酒杯停在了嘴边，开始回忆，慢悠悠地说：“醉过，人一辈子不醉几次，也挺遗憾的。我年轻的时候遇见过一个姑娘，比我能喝，反正挺能喝。”

阿良来了兴致，非让王大夫给他讲讲那个姑娘。可王大夫就是缄口不言，阿良更是死缠烂打，我赶紧打岔：“吃鸡吃鸡，别光顾着喝酒。”

王大夫灌了自己一大口酒，说：“我王小鹏酒量好，这辈子估计也难得几回醉，今天阿良第一天值班，师傅一定陪你喝到位。”说着说着又是一大口灌下肚。

刚才从王大夫进门，我就发现他有点反常。我看看墙上的挂历，心里一惊，完了。去年今天王大夫三杯倒，一反常态要酒疯，越过牛栏横冲直撞，对着母牛边喊边唱：

跟着我尽情摇摆
跟着我不要伤怀
跟着我散发光彩

牛场里几百头牛受了惊吓四下乱跑，王大夫是个跛子，走路一高一低，喝完酒使劲往牛堆里挤，踉跄乱晃，非常危险。我们费了好大的劲，才把他弄回屋里头。

4

我从参加工作起就来了农场，比王大夫早几年，平时最怕牛生病，得了流行病，就全得杀了，所以管得特别严。早年医疗手段也不怎么发达，我们定期检疫的办法，就是把人和牛关在一起，一关就是三个月，外面的人进不来，里面的人和牛也都出不去。男女老少憋着没事干，天黑了唯一的娱乐活动就是喝酒，喝完酒，常有稀奇古怪的事情发生，但王大夫这一出，我这么多年还是头一次见，觉得挺新鲜。

第二天他酒醒，我们照例要去给场里的母牛筛查乳腺炎，那是农场里的牛最常见的病，平均每天都会有将近一百多头母牛因为体温异常被送到农场医院进行治疗。我们给母牛打抗生素，每次王大夫都要把康复的牛多关一个礼拜，说是让它体内的抗生素都代谢干净，挤出来的奶才干净。

我觉得王大夫虽然嘴不饶人，但心很细，于是我还挺喜欢他的。

那天路上我就问他："老王你昨天晚上干啥了你知道吗？"

"不知道，没干你就行。"

"你早上吃屎了啊嘴怎么这么臭。"我有点生气，但又有点开心有点慌。

"老王老王，你昨天晚上唱的那首歌你再来一遍。"

王大夫不情愿，头都没回，说："凭什么！我只给我妈给我媳妇儿唱。"

我跟上去："王小鹏，你要是不介意我是个寡妇，我就给你当媳妇。"

王大夫猛回头，冲着我喊了一声"妈"。然后飞快朝前走了。

那一幕无论我什么时候想起来都恨得牙痒痒，他半开玩笑半认真的一声妈，至今都毫发毕现。幸亏我没有獠牙，不然就真把他撕碎了。

我恼羞成怒，冲他喊："王小鹏你个㞞，不是个男人！你那点事儿我早听人说了，装什么装！"

王大夫停下来，过了几秒才转过身，远远地看着我说：“我不是个男人？”

他一边质疑一边使劲点头，像是被击中了要害的猛兽，突然温顺了起来。

我意识到自己说错话了，等我想道歉，王大夫已经一跛一跛朝牛场走过去了。

5

王大夫年轻的时候非常男人。

我把听来的关于王大夫的只言片语拼起来，也没有太多关于他跛脚之前的经历，只知道他曾经是医学院的高才生，20世纪90年代初期出国深造，回国后一直在北京一家非常出名的医院当急诊科医生，当时是科室里最年轻的主任医师。

工作好，家境好，长得也好，还有点文艺气息，好多姑娘争先恐要跟王大夫相亲，可他一个也瞧不上。直到他在一次音乐节上遇见了一个姑娘，据说长得非常好看，像仙女下凡，只是据说，因为我没亲眼见过。

然后，王大夫的生活轨迹在遇到姑娘的那一刻发生了重大转折，就像一列“况且况且”兴高采烈的小火车突然撞进了漆黑的山谷。那个姑娘突然死了，王大夫这列小火车便“嘎吱”一声，停下了。

6

阿良果然是人生第一杯，未过三巡，早已不胜酒力眼神恍惚起来，没晃几圈便趴在了桌上。

王大夫端着酒杯直勾勾地盯着我的脸突然问我："蓉蓉，你到处跟人说你是寡妇，你给我讲讲你爱人到底怎么没的，我怎么听说你根本就没结过婚呢。"

王大夫突然这么温柔，我还接受不了呢。我有点不好意思："没啥，他就是要救一个孩子，当时孩子滑到水库里去了，他刚好路过，就往水里跳，就没了。"

"孩子呢？"王大夫问我。

"也没了。"

"得！一听就是编的！"王大夫盯着我，一口咬定我瞎编。

我心里烙得慌，嗓子眼发紧，鼻子也有点酸，心想这种事怎么能是编的呢？我从王大夫手里抢过酒杯也喝了一口，酒真辣，不明白到底有什么好喝的。我自顾自地埋头扒拉着盘子里的菜，有一搭没一搭地说："我跟他那天正要去领证呢，我们一起长大的，他说毕业就结婚什么的，我妈说嫁个大夫挺好的以后看病就不用去医院了，我觉得怎么这么风平浪静就要结婚了呢。他也是学医的，不过跟你不同，啊，他学中医，号脉的，跟你比不了。我一直就不信呢，觉得中医骗人，老王你觉得呢？"

"老王你觉得呢？"

"王小鹏你觉得呢？"

没人理我，我抬起头，王小鹏和阿良一个趴在我对面，一个趴在我旁边。下过雨的初夏夜，青蛙知了还没来得及从寒冬尽头赶过来，静悄悄的。我站起身打开窗户，青草泥土夹杂着牛粪的味道扑面而来，让人神清气爽。

我给阿良和王大夫披好衣服，准备回去睡觉。

关门前我看了一眼王大夫，鞋是湿的，裤脚也是湿的，心里可能也是湿的吧，他头顶的那团乌云这些年如影随形，还真是让我总忍不住想上去帮他拨开呢。

王小鹏，我这么喜欢你，你怎么就不能也稍微喜欢我一下呢？这么多年都过去了，你怎么还没把她忘了呢？

7

王小鹏心爱的姑娘，名字比我好听多了，叫朱笛。

但那个姑娘却不怎么走运。

2002年5月7日晚上九点多，北京飞大连的飞机在大连海域失事，无人幸免。朱笛也在飞机上。

得知消息的时候，王大夫正在急诊室抢救一名食物中毒导致急性肾衰竭的小姑娘。脑子一片空白的他在给姑娘做锁穿的时候操作失误，把肺给扎漏了，最后小姑娘没救活。她爸爸和舅舅把王大夫从急诊室拖到医院门口狠狠揍了一顿。警察赶来的时候，王大夫脑袋被踢了好几脚，脾脏也被踢破了，他在ICU昏迷了好几天。

王小鹏昏迷前觉得，真爱是放开双手给她蓝天自由翱翔。

王小鹏醒来后觉得，真爱是一旦遇到就要紧紧地留在身边，一路自私到底，打死也不会放手，不冒任何风险。

王小鹏和朱笛一见钟情，共浴爱河，却不巧朱笛的妈妈改嫁日本，要把朱笛也带走。她让朱笛先回大连跟自己会合，顺便跟外公外婆告别。

王小鹏为朱笛打包行李，用当时全部的存款托人从香港通利琴行买了一把朱笛最喜欢的木吉他，说以后拿这个唱歌，说不定还能俘获一位帅气逼人的日本少年。

朱笛笑得前仰后合，说:“王小鹏你看你这个熊样。”

第二天王小鹏送朱笛去机场，王小鹏捧着朱笛的脸说:“你不是一直最喜欢日本吗? 你跟你妈一起去吧，这把吉他就当我送你的出国礼物，好好上学好好唱歌好好在日本过你喜欢的生活，我们分手吧。”

朱笛捧着王小鹏的脸说:“王小鹏你浑蛋! 我要是走了，就真的再也不回来了!”

王小鹏说:“走吧别回来了，飞机一起飞，就把我忘了。”

朱笛哭着进了安检口，两个人一语成谶，朱笛乘坐的飞机掉进了海里，连同那把昂贵的吉他，再也没回来。

8

王大夫康复的时候，同事告诉他，因为伤了脑神经，脚可能得跛了。他不顾家人阻挠，辞去了医院的工作，来了我们农场当兽医，吊儿郎当整天像个流氓。除了奶牛，他对什么都是一副事不关己的样子，淡漠得像一个没有灵魂的人。

可能真的是男人不坏女人不爱吧，我第一天看见他，就很喜欢他。

那天他刚来，就让我带他去看看那几百头得了乳腺炎被关起来的母牛，他站在牛栏边，对准一头母牛的肚子狠狠拍了几下，斩钉截铁地说："从今天起，这大半个北京城的奶，是不是就交给我王小鹏了啊？"

我在一旁看着跛子王小鹏和一群哞哞哞的母牛，笑得直不起腰来。我说："是是是，从今天起都是你的了。"

我也是你的了。这句话我没说出口。

王大夫很久以后跟我说，那天当我告诉他半个北京城的奶都交给他的时候，他突然觉得，暗淡的生命好像又重新找到意义。

9

岂止是半个北京城的奶，王大夫在农场真的大开眼界。

除了母牛，农场里还有两百多头种公牛，和母牛不一样，它们数量少，品种纯，伙食费平均每头每天132元，几乎是母牛每天伙食费的两倍，每头种公牛将近三百多公斤，每个月全面体检一次。

改制以前，全国百分之八十的培育源都来自农场这两百多头种公牛的冷冻精液库，每头牛被采精的当天，饲料槽里都会多打两颗生鸡蛋，下蛋的鸡必须是吃有机饲料长大的无公害的鸡。

王大夫打断我："等等，公牛采精怎么采？"

我伸出双手，告诉他："过去人工采，现在先进了机器采。"

"哦，怪不得你胳膊还挺壮的呢。"王大夫非常崇拜地看着我。

"流氓！"王大夫来农场第一天，便遭了我一个大白眼。

那天夏至，空气潮湿，有点闷热，我的心口有点烫，脸上也有点烫，像是感冒发烧。

10

王大夫经常一边揉着母牛的肚子一边问我："你说说你到底喜欢我哪儿？是喜欢我流氓还是喜欢我跛？"

我一本正经地说："都喜欢。"

王大夫每次都说："我不信。"

王小鹏你难道不懂吗？对的人一出现，心里就会通透明了，就知道自己有多想跟他手牵手，从农场走到大街上，那是难过了很多年，孤单了很多年，但是一瞬间就莫名其妙懂了的，这一瞬间之前想什么都是纸上谈兵，是自以为是，是狗屁。就像是炉子里快要憋熄的火，这一瞬间就像一股源源不断的空气，火焰又重新炽热。

我曾经很多次都把上面这段从书上抄来的话原封不动地背给王大夫听，但他每次都摸着下巴上稀稀拉拉的胡茬儿，说："蓉蓉，你老实说你到底是不是集团宣传部派下来视察工作的女干事？我看你文采非比寻常啊。"

"怎么，是不是开始对我轮刮眼眶啦？是不是开始觉得我也不错啦？！是不是开始喜欢我啦？"

"夸你你还来劲啦！什么轮刮眼眶，那个词是刮目相看！啧啧啧，没文化真可怕！"王大夫纠正我。

"就轮刮眼眶，我说是就是！"我一边说着还一边像眼保健操里那样刮起了眼眶。

"你还真是寡妇相少女心啊。"

虽然王大夫总喜欢不停地挤对我，但我一点也不生气，谁让我喜欢他呢。

可是那些话王小鹏怎么会不懂，他不就是错过了朱笛，便很难回到从前，也很难走到未来了吗？他被困在机场的告别里，困在朱笛哭着走进安检口的背影里，困在这片荒凉和茂密交替的京郊农场里。

和我困在一起。

其实谁不是困在过去呢。

11

我回屋躺下的时候，总觉得能听见王大夫唱歌，还是那首英文歌，这么些年他反反复复唱起，高兴的时候跛着腿在原地佝偻着背，像一只抽筋的虾，声嘶力竭又温柔如水的地唱："Na na na…… na na na na …… na na na …… hey Jude ……"

王大夫的歌声越来越远，飘向远方。郊区远离城市的喧嚣，夜半放晴的天空，点点星光清晰可见。那些心碎的人，需要越过多少个夏天，才能重新去爱呀。

王小鹏，你知不知道，我好喜欢你。

你知不知道，虽然一个人活着的时候，会和很多人开玩笑，不讨厌一些人，对少数人有好感，与极少数人发生故事，最后与一个人或没有人在一起。但是，人，这么几十年，终究还是要两个人在一起生活的呀。

王小鹏，等我醒来，你会不会忘掉朱笛，跑来跟我说你也喜欢我啊。

这些年，经常告别，说了很多再见，但有很多个再见，最后都不了了之，变成了再也不见。

这是我们久别重逢的理由

昨天北京下冰雹，鸡蛋那么大。

夜里睡觉开着窗户，风凉，盖被子，脚露着还有些冷。电闪雷鸣，来势凶猛的雨，牵出我心里隐隐的不安，总觉得有什么不好的事情会发生。

果不其然，睡醒翻手机，习惯性地看一眼老皇历：

乙未年，甲申月，丙辰日，宜嫁娶，忌出行，立秋。

我躺在床上，心头明显一沉：

完了，一夜春风一夜暖，一场秋雨一阵寒。这么突然。

立秋了，家后头的大排档，过几天就要歇业了，意味着他家的凉拌藜蒿，也吃不了几顿了。

感觉就像——要被心爱的男朋友甩了，几乎想哭。

花毛双拼蒜黄瓜，木耳皮冻老虎菜，都是最普遍的夏季撸串好朋友系列，但凡有烤摊，不论规模，一定都有这些标配凉拌菜。

在北京撸串撸了很多年，说起夏季消夜的好去处，真的蛮多。

从规模巨大的天通苑龙德广场到五花八门的簋街，从卧虎藏龙的工体路边摊到人满为患的望京小腰，从挂羊头卖狗肉的东北菜小馆子到炒豆胡同深处的日本居酒屋，我撸了个遍。

凌晨三点跟朋友喝完酒，站在二环边饥肠辘辘，问：

“这个点儿再去哪撸点儿啊。”

马上有人应答：

“走走走，慈云寺桥往东三百米，全北京最正宗的羊肉串，你绝对没吃过。”

大家最不信的说法之一：你绝对没吃过。

几乎所有热爱撸串的人，心中都守着一家“绝对好吃又正宗的串店”，当旁人对此发生质疑，说“你这家真不如我说的那家”的时候，极像被侵略了。当你尝过一串味道全新的烤鸡翅，自己也忍不住觉得“真的比我说的那家正宗”的时候，就是背叛。

有时候，你以为你喜欢的是味道，其实不是，你最先喜欢的，也许是撸串那天刚刚下完雨的清新。其次喜欢的，是撸串那天恰好临街而坐的位置和坐在你对面陪你一起撸的人。最后喜欢的，可能才是烤鸡翅原本的味道跟火候。

所以正不正宗，不重要。

犯困的朋友小声嘀咕：“有点儿远啊，要不就附近呗？”

但提议的人严肃认真，继续补充：在北京，你随便提，羊肉绝逼好吃不过这家，去了一定不会后悔。

他两眼发光，一边鼓励大家，一边伸手拦下出租车，我们一伙人像午夜的游魂，在黎明尚未醒来的街头，不辞通宵熬夜的辛苦，奔向他心里“最好吃的羊肉串”。

朋友咂咂嘴：“他家疙瘩汤也好，相当好。”

撸串配鲜啤，主食疙瘩汤，后者才是考验一家串店功力的必杀菜品，也是大多数“撸串饭局”的点金之笔。

我曾经在一家小有名气的店喝过一碗没放西红柿的疙瘩汤，从此以后便将那家店永远地划进了黑名单。没有西红柿，岂不是对疙瘩汤最大的侮辱。我喝在嘴里，仿佛也被伤了自尊。

肉串上桌，趁穿着肉的铁签子烫嘴，赶紧撸一串。平心而论，哎呀，肥而不腻，鲜香嫩弹。

不枉此行。

我在心里默默记下店名——这是一家可以再来的店。

感情世界里，你的回头客多，说明你确实好。

撸串也一样，你的回头客多，说明你烤的羊肉就是比别家的香。

我在朋友圈晒照片，加完滤镜，配文字：撸撸更健康，青春不打烊。

第二天蒙头没睡醒，我妈一个电话便打过来，劈头盖脸便指责我：

“姑娘家家，张嘴撸，闭嘴撸，赶紧给我删了，害不害臊啊。”

当然，曾经害臊过。

但去过东北，就再也不害臊了。

在步行五十步，便能找出三家串店的大东北，我感受到了他们对烧烤见血封喉般的热情。老板野路子，招牌也是野路子，LED小红灯泡在暮色下呼之欲出，赤裸裸拼出两个字：

撸串。

言简意赅的简易招牌，与隔壁发廊洗浴的粉红玻璃门，交相辉映。人间百态，食色性也，仅一步之遥。

我不由感叹：生动野蛮接地气，在北京，我们很文明，也就挂个闪闪发光的“串”字儿罢了。我站在路边，吮吸着肉筋和女色混搭的复杂味道，思绪万千。

朋友推推我：“别发呆啦，走，我带你去撸撸我们狂野的东北烧烤。”

关于东北，我听了很多传说。

最有名的当属“大金链子小手表，一天三顿小烧烤”。

听说东北人从早撸到晚，一天能撸好几场，牛鬼蛇神倾巢而出，盘踞在街头巷尾的各家串店，撸串、喝酒、划拳，不知疲倦。江湖儿女，大家心照不宣，没喝多以前，绝不会多瞅对方一眼。

我自诩北京撸串界女王，走过路过，一定不能错过这样的热闹。

我们在路边随便拣了一家人不多的店坐下，老板娘便热情地迎上来：

“老妹儿啊，整点儿啥？”

入乡随俗，是最基本的礼貌，于是答：

“啥好整啥。”

老板娘乐了:“那咋的，搁我这儿没有不好的。”边说还边翻着白眼。

跟东北人说话千万要注意这样的语言陷阱，人生地不熟，老板娘说她家的串都好，意味着最好是每样来点儿，如果不识抬举，挑三拣四公主病，可能会分分钟被削死在街头。

肉筋腰子豆腐卷，蜜汁小排牛板筋，都是必点。

老妹儿，酒先喝着。老板娘抄好菜单，起开啤酒，华丽转身，对着后厨大声喊:“大腰子再来俩!”声音浑厚，振聋发聩。

确实狂野。

几杯啤酒下肚，胆子也大了，开始四处张望，名不虚传。

几乎每张桌子上都有一个光着膀子的光头大哥，挺着啤酒肚，气势浩大。此情此景听说了很多次，所以并不觉得新鲜，倒是大哥旁边的姑娘们，引起了我的极大兴趣，她们有个很好听的名字：扒蒜小妹。

扒蒜小妹，就像大哥们早年别在腰间的大哥大，是身份的象征。

听说从前在东北撸串，哪位大哥旁边的扒蒜小妹数量越多，就越有面子。那些扒蒜小妹们，肤白腰细腿长，玲珑剔透，扒得一手好蒜，也算技艺傍身。她们在零下二十度的冬天，穿着貂皮背心超短裙，笑脸盈盈地围在桌旁，看大哥撸串，帮大哥扒蒜。

我跟朋友开玩笑:“大哥，我也给你当扒蒜小妹呗?”

朋友在桌子下踹我一脚:“撸你的，别乱瞅。”

我瞬间明了，收回眼神，老老实实撸自己眼前的肉。

不好吃，火大了，还有点咸。

我皱皱眉，发现东北人撸串，其实就是个借口罢了。大多数时候，还是以喝酒吹牛扯犊子为主，撸串反倒是配角儿。再平常不过的一串肉筋，他们也能从中撸出百般滋味来。

好像乱世与自己无关，成败也与自己无关。活在当下，便撸在当下。

朋友不服：

“这肉筋怎么就难以下咽了？不好吃，是因为随便选了一家，我们东北烧烤再难吃，平均水平也比北京好多了吧。”

我——撸串女王，并不争辩，但心里却是有杆秤的。

要说撸串撸的是感觉，确实非东北莫属。但要说撸品质，华北和东北就别争了，一定要去大西北撸一次。

前一阵，我和朋友跨越半个中国去了趟新疆，在那拉提大草原上撸到了我这辈子最好吃的羊肉串，一口下去，眼泪喷涌而出，相见恨晚。

肉质鲜美，无需佐料粉饰，一点盐，一点孜然，完爆全国其他各地。

山好水好草原好，羊儿躺着也能吃饱，无边无际的大草原，小羊们吃饱了随便晒晒太阳跑一跑，其肉自然美味。而这样优质的食材，根本不需要冷链配送。有朋自远方来，热情的哈萨克族小伙子，傍晚骑着马去后山上套一只小羊，现宰现切现烤。真正的百米之内，产地直达。

穿羊肉的铁签子半米长，每块肉分量都很足，在炭火上“嗞嗞”冒油，肉筋上那一块肥肉，晶莹剔透。香气四溢，闻着都要醉了。

烤肉串的小伙子笑起来牙齿雪白，他端来肉串随我们一同坐下。酒过三巡，他不经意地抱起冬不拉，那天生的好嗓音，信手拈来便是曲调。

厨娘闻声，掀起帘子从后厨出来，放下一大盘热腾腾的拉条子，踩着节拍，曼妙舞姿，说跳就跳起来。同行的朋友精通非洲鼓，也挽起袖子，鼓点像雨滴般从空中落下来。

隔壁桌的陌生人，像熟识多年的老朋友，也帮你打起默契的节拍。

山美水美，人美景美，歌美肉美心情美。我坐在一旁，大口喝着号称能夺命的乌苏啤酒，撸了一串又一串。实在太饱了，就从包里掏出大山楂丸，嚼上两颗消消食，继续撸。

朋友汗颜:“你这是用生命在撸串啊，吃饱了就别硬撑了啊。”

“不不不，我歇会儿还要再撸两串。”

因为我知道，离开新疆，这样的羊肉怕是很难撸到了。

谁说撸串正不正宗不重要的啊，在新疆撸一次你就知道了，羊肉串正不正宗，实在非常重要。

在我要撸第八串的时候，同行的男孩子看不下去，制止了我。

乌苏啤酒果然名不虚传，两瓶啤酒没喝完，已经有些晕。我起身往外走，吹吹草原的夜风醒醒酒。

新疆的傍晚很长，晚上十点多，天还没有完全黑透。大朵白色的云挂在草原的山坡上，繁星缀在墨绿色的夜空中，近在咫尺，仿佛触手可及。

天空和羊肉，美如梦境，看不腻也吃不腻，真想统统都打包。

但转念想想，再美味的食物，天天吃，顿顿吃，恐怕也不好吃了吧。反倒是难得吃一回，才会如此难以忘怀。

撸串如此，生活亦是如此。

临行前，双手抱拳，同满桌的羊肉挥泪告别，跟朋友用力拥抱，在耳边轻轻地说："保重身体，后会有期。"

这些年，经常告别，说了很多再见，但有很多个再见，最后都不了了之，变成了再也不见。但我知道，哪怕只为了这一串羊肉，有些朋友也是一定还会再见的。

上飞机前，我又发了一条朋友圈：撸串没去西北撸，撸一辈子也白撸。

我配了一张照片，是漫山遍野的小绵羊，在绿色草原的衬托下，每一只都格外的鲜香肥美。

从机舱望下去，森林峡谷，雪山荒漠，连绵起伏。不由在心中感叹，这才是真正的翻山又越岭呀，但满足了自己的口腹之欲，漫漫长路，也甘之如饴。

回到北京正值盛夏，走街串巷继续撸串。

水煮毛豆吃来吃去，也没什么花样，不痛不痒。当我第一次在家后头的大排档，看到凉拌藜蒿这样的小清新，便瞬间被它高冷的气质所吸引，连撸串的感觉也仿佛上了一个新台阶。

但时间怎么这么快呀，还没怎么撸呢，怎么突然就立秋了。

抓紧时间给朋友发消息，一开始文艺又卖萌：趁着北京夏天的余温，我们去撩人的夜色里撸个串串好不好，昂昂？

转念觉得，马上三十岁，年纪也不小了呢，于是删掉重来，扔过去四个字：晚上撸啊。

朋友说：好，那簋街吧，有串有麻小。

有很多人，习惯一个人吃饭，但很少有人，愿意一个人撸串。我们总是叫上爱人朋友一起撸，我们总说：

“晚上撸啊。”“明天撸啊。”“周末撸啊。”

城市这么大，朋友我们多久没见啦？

晚上去撸串吧，这就是我们久别重逢的理由。

立秋了也不怕，我们秋天贴秋膘，入冬涮火锅，春天上树掐椿苗。我们围着饭桌，拉钩说好，明年夏天，不撸不散，肥瘦相间的大腰子，依然还是要带血八分熟。

第二章

喝酒

DREAM

在流动的生命里，我们都不能妄想永远年轻。

但我们可以去争取灵魂深处自由的爱情。

钱终归带着魔性，闪闪发光的时候值得去爱，但求财之路四处都是陷阱，一不小心就会魔心难改。但愿我们都能珍藏自己曾经被撩动过的那根心弦，让未来还有很多可以期待。

如果你不曾撩动我的心弦

我爱钱，八岁那年开始自己挣钱，生财有道。

第一份工作按照今天的社会分工来衡量，就是小时工，我妈是我职业生涯里的第一位老板，也是我所有老板里，长得最美的一个。

当时的工资是这么算的，倒一次垃圾五毛，洗一次碗一块，我妈嫌我擦地不干净，不肯列入付费项目，我也就参与得不多。现在想来，绝对是亲妈，那些年我们都是按照项目当场结算，童叟无欺，一般倒完垃圾进家门，钱就平平整整放在餐桌上闪闪发光，我美滋滋地把钱收好夹在新华字典里，隔三岔五，就翻开厚厚的字典坐在写字台上数一遍，觉得钱好香。

为了增加收入，我经常趁我妈不注意就主动跑出去倒垃圾，然后抱着空空的垃圾桶跑去找她结账。那段时间家里的垃圾桶永远是空的，我妈终于发现了端倪，她哭笑不得，说垃圾满了吗，你就倒？我心虚，但不服，坚持说鸡蛋壳在家里放久了容易招蜈蚣。我妈怕蜈蚣，一听很有道理，犹犹豫豫给我算了工钱。

冬天天黑得早，吃完晚饭出去倒垃圾一般天都黑透了。我家住一楼，打开门楼梯间就蹿凉风。小时候书读得不多，唯心主义，怕出门遇到鬼，便拎着垃圾屏住呼吸一路小跑，远远地往垃圾堆扔过去，然后撒腿就往回跑，总感觉后面有什么东西追过来，汗毛直竖。虽然工作简单，但对八岁的我来说，也算是冒着生命危险。

但是，我为了挣钱，还有更拼的。

我妈发现我越来越爱钱，就经常抓住这个小辫子逼迫我干各种我本来不爱干的事情。我家那边腊月流行吃肥肥的腊肉，盐腌风干松木熏，要吃的时候洗洗上锅蒸，蒸完趁热切片摆盘，盘底渗出厚厚一层油，晶莹剔透的腊肉片，往往直接就吃，咬一口，夹杂着柴火味道的猪油四溢，腻。

小孩子一般都不爱吃，我也以为自己打死也不会吃，但我妈，只用了两块钱，便降服了我不吃肥肉的决心。

有一回吃饭，桌上饭菜差不多都吃完了，只剩腊肉还没怎么动，我妈说让我吃了好洗碗，我说不吃不吃。

我妈问："两块你吃不吃？"

我说："半块也不吃。"

我妈说："不是两块肉，是两块钱吃一块肉。"

我说："妈你再说一遍。"

她说："吃一块腊肉，给你两块钱。"

好贵。

有钱能使鬼推磨是真的，那天我腻得翻白眼，胃里翻江倒海领了六块钱，紧紧拽在手里，好几天看到腊肉都想吐。那是我年幼无知里第一笔真正的血汗钱。也正是凭借金钱观启蒙得早，在大部分同学都紧紧巴巴买糖稀的时候，我已经基本实现了小零食领域的消费自由。

腊肉事件之后，我妈常常说，我真是佩服你，那么肥的肉，要钱不要命。

在她佩服的目光中，我妈和我都一度以为，我天生爱钱，超过爱一切。

人往高处走，水往低处流，挣小钱已经无法满足我对金钱的渴望，我分析了自己的优势，盘点了身边一切可以利用的资源，决定巧立项，寻找新领域，开辟自己力所能及的“收费新业务”。

我边写作业，边看着我妈打麻将，新思路便如雨后春笋般冒了出来。我跟妈妈主动请缨，要求担当他们的“麻将小天使”。

“麻将小天使”这个工作十分简单，就是在大人们打麻将的时候，往他们的茶杯里加点热水，或是换一泡新茶，或去隔壁小卖部帮忙买包烟，谁去厕所，帮忙码码牌，半夜谁饿了，我就帮忙泡碗面。有时候心情好，也帮忙削个苹果剥个橘子切个瓜。

稍微难一点的，是帮输光了的人去她家找她爱人再拿些钱，这个非常需要技巧，脑子要快，嘴要甜，要循循善诱。好在我都做得极好，基本得到了广大牌友的一致认可。

“麻将小天使”的工作我干得越来越好，逐渐也有了眼力见儿，不用大人张嘴，茶杯里的水刚喝一口，我一阵旋风般替他们每个人都马上添满，烟灰缸刚扔了新鲜烟头，我第一时间主动倒掉。

所以每场牌局结束，无论妈妈是输是赢，桌上赢钱的那个人总会给我发个彩头。

他们说："你是个小人精咧，长大了不得了咯。"

大人们说话就是这么奇怪，像夸不是夸。

我也不多想，乖乖拿着钱，心里喜不自胜。

一分耕耘，一分收获，慢慢地我也有了自己的小金库，新华字典夹的钱越来越多。为了减轻存储压力，有时候我也会跑去找我妈换整钱，但那本变得旧旧的字典还是开始合不拢，经常在书架上咧着嘴炫富。

我妈给我买了一只陶瓷的小猪存钱罐，猪背有一道硬币大小的缝儿，正好往里塞钱，我妈把存钱罐郑重其事地交到我手里，告诉我这只存钱罐只能存钱，不能取钱，除非砸烂，让我在将来砸之前，深思熟虑，想清楚。

我妈说砸存钱罐的时候故意夸大这种仪式感，搞得我有一种莫名的压力，觉得砸存钱罐，是一件极其悲壮的事情。

存钱罐放在新华字典旁边，每天我写作业一抬头，小猪就笑眯眯地看着我，我盘算着它装满钱的肚子，也笑眯眯的，但是它还没焐热乎，就被我砸了，匆匆忙忙，不假思索。

有一次放学，我刚下车，就看见我妈和一个叔叔心事重重地朝我走过来。

她先说：“你听了不要难过。”

我还没听完，就哭了。

我爸出警的时候受伤了，可能不行了。我爸的兄弟就来找我妈，说离婚前就算再不愉快，我爸也算吃了苦头，这个事情万万不能瞒着我，让我去一趟医院，搞不好就是父女这辈子最后一面。

我问：“我爸还能不能动？”叔叔说：“身上插着很多管子，不怎么能动。”我说：“那你们等等，我要先回趟家。”

我回家砸了自己心爱的存钱罐，拿出了所有的钱。

那年我八岁，抱着从玩具店买来的全套塑胶恐龙，站在病房门口，脑子一片空白，不敢推门。他们以为我胆子小，怕见血，我不怕，我是怕自己前脚踏进去，我爸后脚就死了，或者已经死了。我一动不动，拼命地想，此刻我还有什么奇珍异宝，能拿出来跟死亡作交换。

我没有，我只有这一袋子塑胶恐龙，这已经是我的全部财产了呢。

叔叔把我拉到一边，说孩子你一会儿进去了别哭，你爸看你哭，就知道自己不行了，你不哭他兴许还能挺住。

我说好。

进了病房我没敢仔细看我爸的脸，躲躲闪闪瞄了几眼，发现我爸好像肿了，肥了好几圈，气色不错，不白，依然一副雄赳赳气昂昂地可以再爬起来继续保护老百姓的样子。

我撕开封套，把一袋子塑胶小恐龙哗哗啦啦倒在了我爸的肚子上，我爸吃力地喊我名字，用他那只输着液的手抓起一只恐龙，张着嘴要说啥，我一个字也没听清。

我不耐烦，说："爸你别说话，这些小恐龙是我用自己攒的钱买的，躺在医院不能动，有玩具就不无聊。"我说话的时候，我妈从病房出去了。我看了看病房四周，都是我爸的兄弟，齐刷刷站在那里，个个眼睛通红。

在很久以前，人们用丝绸换珠玑，牛羊换石斧，可是为什么，生与死却不能用钱来交换呀。我第一次为这个世界上千金难买的东西而感到无比困惑。

我妈给我买了新的存钱罐，还是小猪，只不过猪肚子上有一个塑料盖子，存进去的钱还可以抠出来。因为我之前砸的那只存钱罐，碎渣撒了一地，到处都是，我妈扫了好几天。

我继续倒垃圾洗碗，但是不跟我妈要工钱了，小生意变成了义务劳动，我妈觉得我懂事了，便更大方地嘉奖我。

随着我越长越大，我妈给我的零花钱面值也越来越大，我的小金库也越来越肥。

可是奇了怪，我却越来越抠，过年领了压岁钱，和弟弟妹妹出去买鞭炮，从来不掏自己的兜，一毛不拔。我妈说我小小年纪就掉进了钱眼子里，鬼迷心窍，长大了可怎么办。

长大后，我大方了一回，结果让我妈揍了一顿。

我从爱钱的少年变成了爱钱的少女，高二那年遇到了我的初恋。学校合唱比赛，我们班主任嫌班里六十个学生没一个唱歌好听，便从高三找来一位领唱。

那天我们在体育馆门口的台阶上排好队准备练习，班主任带着一个男孩子过来，说是我们的领唱X，市里歌唱比赛一等奖，后面的话我根本没听进去，就记住了他的名字和班级。南方冬天潮湿阴冷，男孩子带着毛线帽子，插着耳机，白白净净的脸神似陈冠希。他抬了抬头往台阶上望，轻描淡写地忧郁一瞥，正巧碰到我的目光，我感觉心口被什么东西撞了一下，来回荡漾。

班主任在体育馆门前辽阔的水泥地上，用很不标准的普通话拉长了声音说，预备，唱：

那是从旭日上采下的虹
没有人不爱你的色彩
一张天下最美的脸
没有人不留恋你的颜容

X的声音，好听。

没什么事情，比懵懂时期两情相悦更美好的了。我在合唱训练的第三天晚自习，收到了X的情书，这个激动人心的消息，瞬间抚平了我们班其他妙龄少女们心里的涟漪。

X归我了。

爱情是个大力士，再抠的铁公鸡也要掉毛。

为了给X买生日礼物，我花了当时自己积攒的全部积蓄，为X买了一只最新的松下CD机，让他听周杰伦和黄家驹。觉得银白色的CD机跟他好配，我跟他也好配。

第一次我倾尽财产给男人买玩具，我妈哭了。

第二次我还是倾尽财产给男人买玩具，我妈怒了，她气急败坏，声讨我不务正业随便早恋，暴打我一顿，打得可疼。但是我却不后悔，心里埋怨我妈不懂爱情。

原来是我不懂，后来隔壁班有个比我更白的女孩子横刀夺爱，抢走了X，我的初恋在痛哭中无疾而终，那只贵贵的CD机，他也没有还给我。

我又开始觉得，还是钱好。

但是钱再好，没有青春好。

小葵死的时候十八岁，我也十八岁。她突然高烧不退，去医院查出来是白血病，辗转北京上海治了半年，花光了家里所有的积蓄，还跟亲戚借了好多钱，但最后医生还是摇摇头，让她父母带着她回了老家。

小葵一会儿给我发消息说她不想死，还有好多电影没有看，一会儿又说如果死了碰见张国荣，就问问他为什么要跳楼。她父母还想送她回医院，她说算了，最后小葵走的时候，躺在自己家的床上，因为浑身骨头疼，一直昏迷，所以很平静。

她的父母白发人送黑发人，抱着我泣不成声。我到小葵的卧室，看到满墙都是她喜欢的电影海报，柜子里有她的发卡，她的公仔，她的课本和唱片，她的钱包里还有一张我的照片，满屋子都是她对这个世界的眷恋。

我忍住没哭，揣起那只她生病时我送给她许愿的尾戒，从她家出来，脚下一滑，在回家的路上狠狠摔了一跤。

我突然明白，就算再多的钱，也不能让小葵戛然而止的青春重新活过来。

我明白了生命里有很多东西，都是千金难买的，我把伤感都收起来，终于不困惑了。

我去公墓的时候买了两束白菊花，一束给小葵，一束给我爸。

离开了家乡，我到很远的北京上学工作生活，在这个城市一待就是十年。我见了很多要钱不要命的人，见了很多为分家产反目成仇的人，见了很多口是心非又曲意逢迎的人。

他们在感情里作弊，在婚姻里作弊，在合同里作弊，甚至在食物里作弊。

他们欲盖弥彰，用梦想粉饰欲望，不仅为每一只火腿明码标价，为每一个器官明码标价，还大义凛然地为这个世界的每一寸空气也明码标价。他们觉得一切东西，都可以用钱去买，包括青春和快乐，矛盾和爱情。

浮云一别后，流水十年间，林林总总，大是大非哪能分得那么清。钱终归带着魔性，闪闪发光的时候值得去爱，但求财之路四处都是陷阱，一不小心就会魔性难改。

但愿我们都能珍藏自己曾经被撩动过的那根心弦，让未来还有很多可以期待。

在流动的生命里，我们都不能妄想永远年轻。但我们可以去争取灵魂深处自由的爱情。它们就像苍茫岁月里永不褪色的保鲜膜，包裹着我们强有力的心脏，让我们望着这条去往未来的路，越是黑暗，越去追寻。

爱情保鲜膜

我妈在油麻地宁波街的巴士站等了一个小时，十字路口的红绿灯紧促刺耳的声音，野蛮地驱赶行人以最快的速度去对面。她紧盯着每一辆从屯门方向开过来的60X路巴士落客又上客，却始终没看见阿良，变得很失望。

我说："妈，我们再等十分钟，路窄人多灯太闪，眼睛快炸了。"

我妈不接话茬儿，慢悠悠地翻出打火机，要点烟。我从卷闸门边上一个箭步冲过去制止她。"喂喂喂，别抽别抽，抓到罚五千呢。"

我妈突然来劲了："大陆妹，懂个屁，偏抽，抓我试试。"说完吐出一口浓烟。站台等车的几位疑似烟民羡杀，也纷纷把手插进兜里蠢蠢欲动。

胡闹，粗鲁，大陆妹？

我刚要顶嘴，转念一想，如果今天阿良始终不出现，那就意味着妈妈的黄昏恋会就此断送在人头攒动的油麻地街头，所以要抽就抽吧。我默默地退回卷闸门边上，远远地帮她放哨，时刻准备着，在控烟署的巡视员出现之前跑过去掐灭我妈手上耀眼的烟头。

烟头耀眼，五十岁的杨眉，及腰的金色卷发更耀眼。

我又下意识地往远处又退了几步，心里像做贼一样，七上八下。

我心中的香港很大，全在小时候看过的电影里——一帮马仔从潮湿狭窄的街道冲过去，另一帮马仔从潮湿狭窄的街道杀过来，挥刀互砍，赤手肉搏，大佬脸上有疤，总能以一敌十，不论流血还是断臂，就算全军覆没，也一定能在枪声响起来的时候爬起来，钻进路边还没停稳的黑色轿车。

开车的女人从天而降，生在重情重义的江湖外，活在天真烂漫的人世间，平日再不敢杀鸡，此刻也能眼睛不眨地从血淋淋的前胸后背抠出半盘子弹。这样的女人奋不顾身，她们黑白通吃的爱情观像一道防火墙，可以将杀戮过滤为热血，将迷途解码为青春。还时不时往大佬们血雨腥风的生命里扔一颗无法撤销的病毒包，瞬间占领他们迫不及待想要报仇的勇敢的心。

现在的铜锣湾，看不到古惑仔，遍寻都是穿着吊脚裤或是尼龙袜子的清瘦男青年和背着书包的靓丽女学生。在小鲜肉遍地的香港岛，大陆妹气息十足的我恍恍惚惚，总盼望遇到砍完人出来吃消夜的洪兴帮，意气风发的陈浩南会在拐角的路灯下，沉默地燃一支烟，却只抽几口，他及肩的长发轻掩右脸，人潮人海中远远望去，简直劲到爆。

但此刻你再问起香港“边个（粤语，意为：谁）劲到爆”的时候，街坊们会啧啧地竖起大拇指，掷地有声地告诉你：“边个劲到爆，必属巴士佬！”

香港人口密集，很多地方道路狭窄，崎岖蜿蜒。近些年大兴土木更甚，经常马路的左边是掘地百尺的地基，右边栏杆外就是惊涛骇浪的大海，往远处望，发现马路修在半山腰，上下坡陡峭，乘巴士如同坐过山车，大家都要随时准备，迎接每一次起起落落。

阿良是地道的香港巴士佬，他刚入行的时候在荃湾开小巴，80码高速拐弯是家常便饭，有的乘客虽然日日乘车，但也经受不了身体被突然甩到空中的凶险。只有阿良，气定神闲撩开额前凌乱的头发，露出风云岁月里庙街猛虎的神韵，眼神劲到爆。

有一回，他七十岁的老妈搭他的顺风车，岂料阿良开车兴起，一时忘形，拐弯的时候突然一脚油门，因为马力太足，扭矩太大，老太太整个人飞起来，从座位的左边甩到了右边。这套高难度动作一气呵成，老太太脸色煞白，提高嗓门，大声呵斥：“黐线（粤语，意为：神经病、二百五）！有落（粤语，意为：老娘要下车）！”

阿良吓呆，猛踩刹车，老太太的脸又因为惯性狠狠砸向了前排的靠背，她怒气冲冲摔了车门边走边骂，阿良开着小巴扬长而去，丝毫没有悔意。

第二个礼拜，阿良就被勒令换了巴士线路，告别了香港小巴的飞车惊魂，踏上了稍稍平稳的双层巴士，谁知塞翁失马，他还当上了60X的巴士车长，每天从屯门开到佐敦，必经油麻地宁波街。

我妈在站台前等了很久，一辆辆60X走走停停，阿良却始终没有出现。

她掐灭烟头扔进垃圾桶，一边招呼出了神的我。“尤蜜，走吧，不等了。”

“要不再等等吧，都等这么久了。”我隐约觉得妈妈可能真的要失恋，担心她步入老年的时候为情所伤，又稍稍迟疑了。

我妈不接话茬儿，径直往回走。从背后看，无论如何也看不出来眼前这个金发飘飘的女人，已经快五十岁了。

“妈，走，送你支口红。”

有人说，不想道路狭窄难行，反要爬山过岭。可是那些断章取义的心灵鸡汤坑害了太多的人，你以为世界上本没有路，走的人多了就会有路，没想到狭窄的道路上，走的人越多，路竟变得越窄。就像香港这样的弹丸之地，楼宇密密麻麻层叠交错，天空被整整齐齐切割成规矩的四边形，你从油麻地逃回尖沙咀，人更多，路更窄，大楼耸立，咄咄逼人。大家心里都像憋着一团火，迎面而来的陌生人似乎动辄就要从包里抽出长刀去砍人。

帅气逼人。

我妈嫌我走得慢，嘀嘀咕咕很不耐烦。

我赶紧追上去，挽住她的胳膊。

我妈真好看，年过半百的她风韵犹存，苗条紧致的身材，踩着高跟鞋逛街婀娜妩媚，让人不服不行。眼前的香港真的很小，地图上看起来很远的地方，走几步就到。沿着弥敦道一直走，就能回到海港城，楼后的空地上，年轻人一簇一簇围着垃圾箱，热情洋溢，似人间烟火。

我买了一支玫红色的口红送给我妈。

香港华灯初上，如梦一场。

我妈在洗手间涂上了新口红，拉着我去吃饭。

重庆大厦的楼道比香港的街道更加逼仄，五花八门的纸箱随处可见，阴暗嘈杂，人来人往。

我妈不喜欢我叫她妈，叫起来显老，有时候朋友多，就让我叫她眉姐。她金色的长发和噔噔噔的高跟鞋真的太招眼了，每走十步就迎面走来几个身躯庞大体毛很重的男人，他们的目光无不例外停在我妈鲜艳的嘴唇上，让我浑身不自在。

我下意识地抓紧我妈的胳膊，小声地问："妈，你确定我们是来吃饭不是来卖我的吧?"

我妈恶狠狠地白了我一眼："要卖你，早卖了!"

重庆大厦浓香辛辣的咖喱味儿飘在空中，一扫刚才油麻地街边的阴霾，我的肚子咕咕直叫，饿意随之席卷而来。

我小时候，险些被卖了。

我妈遇到长谷川志的时候二十一岁，是纺织厂的质检员，下班路上骑着一辆老凤凰迎面撞上了长谷川志的南京小金娃。我妈连人带车翻到了路旁的土堆里，摔了个狗吃屎，长谷川志的三轮车撅起一个大斜角，风干的虾米和咸鱼撒了一地。长谷川志吓得半死，哆哆嗦嗦去土堆里拉我妈。

“投胎啊?”我妈乜斜着眼前胡子拉碴的老男人。

长谷川志不停地鞠躬，欲言又止，他一把拽住我妈，不料刚用力，我妈就哇哇直叫。

“瞎啊?”我妈撸起袖子，胳膊又红又肿，动弹不得。长谷川志支支吾吾，憋得脸一直红到脖子根，他拦腰抱起我妈，放上三轮车，又抱起严重变形的自行车，放上三轮车，风驰电掣开到了卫生所。

我妈像铁打的战士，除了胳膊骨折，其他地方竟然完好无损，医生给她打了厚厚的石膏，长谷川志从兜里掏出半截铅笔在石膏上画了一个鞠躬的小人儿。

我妈破涕为笑，这才发现眼前这个慌慌张张的男人从头到尾竟然一句话也没说，只见他坐在病床边满脸歉意。

“你是哑巴?”我妈突然提高音量。

长谷川志刚开口，我妈就知道什么叫作一瞬间全完了。她从床上一跃而起，翻起来捂住了他的嘴。

长谷川志是日本人，他比我妈大整整十岁，是当时最早一批到中国画漫画的日本人，但是当时国内能读懂二次元里浪漫的人，寥寥无几，他在异乡遇到了自己的第一个知己，并用自己神笔马良般的超群技艺和想象力，一举将我妈变成了自己的忠实粉丝。一来二去，我妈也对这个笑容灿烂的小日本产生了一丝丝好感，早已厌倦了纺织厂枯燥工作的她，好像发现了平淡人生版图里的新大陆。

长谷川志在市中心有一家海鲜店，其实就是卖干货，生意时好时坏，我妈时常背着父母偷偷跟着他去拉货，丝毫不在乎别人奇怪的目光。城市不大，人多嘴杂，我外公知道后，气急败坏地拖出放在床底下的气枪，跑到海鲜店找长谷川志算账，扬言新仇旧恨一起算，警告他再赶接近我妈半步，就像打野麂子一样一枪崩了他。

这一闹，大家都知道市中心有一家卖干货的海鲜店，店里生意一下好了很多。

可棒打鸳鸯却让我妈如梦初醒，原本她以为自己只是图新鲜，没想到竟不止于此。我妈被纺织厂开除，被我外公关在家里整整一个月。可墙壁挡得住双腿，却挡不住爱情来临时的洪水猛兽，它鼓励我妈不吃不喝奋力反抗，将她心中的大小顾忌远远抛去了脑后。

女人总是心太软，我外婆既同意丈夫的坚持，又心疼自己的女儿，她让我妈的大姐三妹四弟三番五次来劝我妈，都没奏效。我妈告诉姊妹几个人，如果自己走了，要替自己好好照顾父母，一向沉默寡言的大姐二话不说就扇了我妈一个大嘴巴。

我妈瘦得眼窝深陷，有一天早晨她醒来，发现家里空无一人，桌上放着几个馒头和一小盘咸菜，大门半掩，她急红了眼，抓起一个馒头夺门而出。

边哭边跑，边跑边吃，边吃边回头。

重庆大厦有770个单元，酒香不怕巷子深，这里有家咖喱王，味道风靡港澳台和内地。老板是印度人，特式香料鸡外焦里嫩，让人唇齿留香。我妈津津有味地嚼着鸡肉，一边略显诧异地问我："你真的不知道重庆大厦吗？那加州旅馆你知道吗？"

"加州哪个旅馆？"我从盘子里抬起头，一片迷茫。

我妈咂咂嘴，接着问："那梁朝伟你总算知道吧。"

"嗯，认识，怎么了？"

"《重庆森林》是一部电影，就在这个楼里拍的，梁朝伟演了一个失恋的警察，被空姐甩了，发神经的时候喜欢对着肥皂和抹布讲话。"

"哦，那两个人后来怎么样了？"

"后来梁朝伟走出失恋阴影，遇到了奶茶店打工的王菲，王菲最后也去当空姐了。"

"哦，妈，这里的咖喱真的很好吃，下次还想来。"

我妈和长谷川志的灵魂一步三踉跄地跌进了彼此的命运，又缠缠绕绕着一步三踉跄奔出了我妈熟悉厌倦又不舍的故乡。两个人私奔到南方水灵灵的小镇，那里夏天绿树成荫，冬天候鸟成群，清晨阳光升起，渔船带着湿漉漉的海藻味驶回港口，傍晚夕阳落下，出海的渔船又满载期待地驶向远方。

长谷川志在海上漂的时间久了，皮肤晒得黝黑，他又买了一辆南京小金娃的三轮车，依旧奔波在街头送货，亮晶晶的虾米活蹦乱跳，软绵绵的鱿鱼张牙舞爪。我妈和长谷川志就这样扎下了根，我是他们爱情大树上最甜的果实。

鲜嫩美好，犹如蜜糖。

“埋单。”我妈掏钱的时候特别潇洒，希望她能一直这么潇洒，她接着说，“尤蜜，今天我们不回去了，我带你去澳门，去威尼斯人赌一把。"

“妈，我不会。”

“会看牌面点数就行，不难。”

“妈，我不敢。”

“有什么不敢的，你看我什么都敢，你年纪轻轻，更要赌一把。”

“妈，我没钱。”

“我请你。”

“好。”

吃饱了人胆子大，从重庆大厦往外走的时候，心里没那么害怕了。

海边的气候须臾多变，前一秒晴空万里，后一秒电闪雷鸣。

我满月那天，长谷川志就躺在雪白破旧的病房里。

他紧闭双眼，呼吸微弱，皮肤出现了不同程度的瘀紫，浑身浮肿。医生来下病危通知书，让家属签字，我妈刚要签，却被医生拦住了，说没领结婚证就不能证明是合法夫妻，不能签。我妈抱来我，恳求医生救救孩子的爸爸。医生也只好说了实话：“妹妹啊，字你可以签。但是人我们只能尽力，这样的病我们听都没听过。”

病房外，阳光灿烂，明晃晃的一塌糊涂。

我妈抱着我在坐在床前号啕大哭，小小的我在妈妈怀里睡得香甜，全然不知一场离别就在眼前。医生嘴里提到的罕见病，全名叫抗磷脂综合征。在那个年代，全国只有很少的医生能说出这个名字，治愈的可能性在今天也几乎为零。隔壁床的病人家属和值班的护士，看着我妈和我，摇头的摇头，叹气的叹气。

长谷川志因为发生大面积的血管栓塞，导致多项器官快速衰竭，好端端的人说没就没了。炎热的仲夏，家门口三轮车里的虾米和鱿鱼，在阳光下腐烂发臭。长谷川志在日本没有家人，他留下了一些存款，几支画笔，一摞越来越多的人开始看得懂的漫画和一辆三轮车，留下了我妈和嗷嗷待哺的我，撒手人寰。

我妈把我托付给邻居，乘着清晨的渔船，把长谷川志的骨灰连同记忆都撒进了南方的大海，火红的太阳跳出地平线，深蓝的海水波光粼粼，风平浪静。在它广袤辽阔的内心深处，色彩斑斓的鱼儿成群结队，在珊瑚间嬉戏。

也许这才是生命真正的恩赐，让美好的食物会腐烂，温暖的爱人会失去。

让你在有限的可以拥有的时候，显得更加弥足珍贵。

处理完长谷川志的后事，我妈带着我回了老家，几年不见，父母都老了许多，大姨见着我妈回去，高兴地张罗了一大桌子菜。

我妈没结婚，跟着一个比她大十岁的日本人跑了几年，回来还带着一个没断奶的孩子，邻居们都在背地里议论纷纷。我外公要面子，脸上挂不住，家里人商量，我妈年纪轻，条件不错，还能重新开始，但是拖着个孩子，许多事情都不方便，于是暗地里托人打听有没有人能收养。

一直到接我的夫妻登门拜访，我妈才知道真相，她拼死也不肯，外公也是犟脾气，气得犯了高血压，站在门口晃晃悠悠，随时都要倒，他以死相逼，说我妈如果不答应，就带着她和我一起去死，我外婆哭着求她："眉啊，你自己一个人怎么把孩子带大？听妈的话，就当妈求你了。"

我在襁褓里撕心裂肺地哭，我妈把我递出去，转身回了房间，三天没出门，不吃不喝也不睡，就那么坐在床边。

第四天，她找到外公："爸，拿出来。"

"拿什么？"

"钱。"

"什么钱？"

"拿出来。"我妈一字一顿，双眼通红。

外婆在一旁拉着我妈的袖子，生怕她扑上去吃人。

"拿出来。"我妈又说了一遍。

父亲转身到柜子里翻出一个信封，里面装着三千块钱。

那时候，三千块钱是很大一笔钱。

我妈接回我，收拾东西决定离开家，家里人谁也没劝她，大家心里都知道，我妈不是能劝得动的人。她走的前一天，外公整晚都没合眼，天快亮的时候，掏出一张存折递给我外婆。

"你去，让她都拿着，走得越远越好，走了就别回来。"

外公当过兵，身上还有疤，外婆没见他哭过，可说完这句话，他也哭了。

吃完饭我妈拿出小镜子，认认真真重新涂上口红。

我擦擦嘴，看着我妈问:“我长得像你还是像我爸?”

我妈仔细瞧了一眼我:“你爸。”

“那我爸和梁朝伟比，谁更帅?”

我妈接过找零数了数，思索片刻告诉我:“还是梁朝伟。”

刚走出重庆大厦，阿良就打来了电话。我妈没接。她拦下一辆计程车，告诉司机到上环，去码头。

我有点不习惯，香港的计程车，司机在右手边，车内十分整洁宽敞。马路虽然狭窄，但车辆行人来来往往，却很有秩序，不怎么堵车。我妈的电话一直响，听得我心里直发毛。“妈，你接电话，老响，要么就关了。”

我没见过阿良，只知道他是妈妈的男朋友，我这次来，就是作为妈妈委派的家属代表，准备见见这位传说中的巴士叔叔，哪知道阿良临阵脱逃，迟迟不肯出现，电话也打不通，惹得我妈非常不高兴。

我妈接起电话，说自己在船上，去澳门，下次再说。然后挂了电话。

香港夜色撩人，有一股神奇的魔力，总像有春风。

“妈，你一直没说，你和阿良怎么认识的啊。”

我妈说，就是有一次来香港，听别人说这里的小巴劲到爆，就专门坐了一次。结果司机拐弯玩漂移，整车人都离地半尺，左边座位上的老太太更夸张，整个人飞起来，落到了她的旁边，自己则被甩到了玻璃上，脑袋撞了一个大包，她刚要骂人，老太太却先掀了锅。骂骂咧咧下了车，下车后还一直骂。后来她才知道，开车的司机叫阿良，是荃湾有名的高速小霸王，那个被扔过来的老太太，是阿良的妈妈。

我妈讲阿良的时候，像少女。

“你们打算结婚吗？”

“怎么可能，我二十岁都没结婚，五十岁更不会结了。”

司机偏过头，从后视镜里看了一眼我妈。

计程车路过湾仔码头，我自言自语：“原来湾仔码头不只是水饺，真的有码头……”

我妈在车上轻轻闭着眼睛，我知道她逛了一天，不可能不累。离得这么近再看妈妈，年轻貌美永不凋零的赞美也是自己今天晚上说过的话吗？

胡说。

眼前这个五十岁的女人，眼角分明就有皱纹，脸上的肉开始下垂，腰上也有赘肉，手指不如去年圆润，睡着时候的表情，越来越像一个小孩。她带着我，辗转了很多城市，一直都在谈恋爱，热情洋溢地爱每一个男人。她说我长大了不用她再操心，自己终于可以拥抱自由，今天可以去澳门，明天就可以去日本。她舍不得那头金色卷发，定期就染，说这样看起来年轻，她说女人每天都要涂口红，她说女人不管多大年纪，都不要长胖。

她常常问我：“尤蜜，妈妈老了吗？妈妈美不美？”

“杨眉，你看着一点也不老啊，你很美你最美。”我准备三十年后，也这么回答她。

在流动的生命里，我们都不能妄想永远年轻。

但我们可以去争取灵魂深处自由的爱情。

它们就像苍茫岁月里永不褪色的保鲜膜，包裹着我们强有力的心脏，让我们望着这条去往未来的路，越是黑暗，越去追寻。

我们那具曾经被来路不明的欲望包裹住的身体，在这一刻丧失了全部的尊严，变成了一块没有光泽不会辩解的肉，摊在时间的案板上任凭处置，终于公平。

如果你没告诉她

1

何绵绵摇摇晃晃站起来，努力睁着对不上焦的眼睛，扫过周围的陌生人大声道：

“白日依山尽，黄河入海流。欲穷千里目，再来一杯酒！我何绵绵今天发誓，从今往后，我，就是一个薄情寡义的人！以后我陪你们喝的每杯酒，都要明码标价！”她说完一屁股跌在沙发里，不停地冲我傻笑。

身后有人吹着口哨，有人窃窃私语，我都无暇理会，只想带着何绵绵赶紧离开。我一边扯过丝巾盖住她快走光的长腿，一边招呼着服务生快点买单。

“小姐，您刚点的巴黎水算赠送，其余消费一共是两万七千八。”

“多少？”

“两万七千八。是这样的，何小姐喝完香槟，从我们酒单上最贵的红酒开始开瓶，每款喝一口，您来的时候，她正好开到第七瓶。”

服务生带着媚人的笑，指着桌上两只空荡荡的香槟和一排红酒，非常礼貌地提高语速解释道：“第一瓶是法国波尔多2007年龙船，第七瓶是澳洲奔富707，其余五瓶分别是2012年勃艮第法莱利、2002年的卡隆世家、2005年智利伊拉苏、2003美国纳帕的银橡木和2012年智利……”

“停！”

我在服务生一口气背完所有酒单之前，伸出手阻止了他。我收回自己的五百块，探身去翻何绵绵的钱包，找到那张化成灰我也认识的信用卡，递给服务生，叮嘱他：“拿去刷，没密码。还有，桌上剩下的酒，都帮我打包。刚刚你背的那些酒，再各来一箱，我都要，不存，全带走，麻烦让人送一趟。你再叫上吧台那个调酒师，帮我把她抬回车里。”

我指了指桌上的酒，指了指吧台身形健硕的老外，最后指了指何绵绵。

她陷在沙发里像一摊泥，头发散在胸前，眉头紧蹙，手里还握着一只空空的红酒杯，无名指上是白向上周为她戴上的戒指，钻石闪闪发光，够大也够亮，透着醉人凶光。酒吧的音乐声重新响起：

> 好紧张的快乐，
>
> 爱情是毒药，

越甜蜜，越致命，没办法。

白向放在何绵绵钱包里的那张据说刷不爆的信用卡，买完单后被我折断，插进了桌上没吃完的巧克力蛋糕里。调酒师走过来轻轻松松扛起何绵绵，就像随手捻起一片羽毛。

被拦腰横在肩上的何绵绵，是三里屯酒吧街臭名昭著的游魂。她伤心买醉，一夜成名，路人侧目，议论纷纷。

“又是她。”

“谁呀?”

“何绵绵啊，她你都不知道。”

何绵绵你看看。路边酒吧招揽生意的年轻小弟，殷勤地为临窗的客人撬开一打克伦堡凯旋1664，兴致勃勃地讲着你的丰功伟绩。

何绵绵你听听。他们将你的故事千锤百炼，说“文艺小三何绵绵翻云覆雨捍卫爱情领地，不敌道德审判最终华丽失守深夜买醉”。

噗! 你说他们在哪学的新词，竟然还给你冠上“文艺小三”这么清新脱俗的骂名，听起来莫不是对“小三”这个群体最大的褒奖。

2

按理说，何绵绵长得好看，眼睛也大，看人应该很准，可她偏偏很瞎。

她因为常年在一家理发店打理头发，喜欢过一个叫托尼的发型师。那段时间，她没事就去店里洗护一条龙，发质保养得如同瀑布倾泻而下，容光焕发。

她跑来跟我说，这个男人她一定要拿下。哈哈哈，可那也得在托尼喜欢女人的前提下。

喜欢托尼这样的美男子并不可怕，但喜欢已经结婚的白向才是真傻。

何绵绵的爱情沸点基本为零，一点就着，白向身经百战，还没出手就已经将她稳稳拿下，整个过程就是奇葩遇到奇葩。

她看完韩剧，去整容医院掏出全智贤的照片，说自己也要做一只同款的鼻子。这样的要求让医生们个个面露难色，谁也不肯下手。

老板白向正好路过咨询室，他亲自出马，半分钟就搞定了她。他端起何绵绵的脸，掏出钢笔在她鼻子上点了一颗痣，说："好了。"

的确是好了，何绵绵再也无法自拔。

直到白向的太太带着司机闹到公司，平静地怒骂："忍你这么久，花点钱就算了，怎么你还想当我肚子里孩子的后妈？今天我们说清楚，只要你不再纠缠他，随便开个价。"

何绵绵是真蠢，这才知道自己爱上了一个人渣，但一切都来不及啦。

上周白向送了何绵绵一枚钻戒，我周末还陪她去试了婚纱。

再转眼，爱情变成了笑话，他们都笑何绵绵胸大无脑天真傻。

何绵绵给我打电话:“有钱能使鬼推磨，到底多少钱才是爱情的一口价?”

我说:“白向给你的信用卡你从来都不刷，你想要什么自己去想吧。”

“我想要白向啊。”说完她挂了电话。

3

白向大学学雕塑和油画，因为钟情人体艺术变成了北京赫赫有名的女体摄影艺术家，但因为拍了一个挣扎在八线想红却没红的模特，被女孩背后的大哥暴打。白太太之前一直喜欢他，闻此变故雪中送炭，斥巨资帮白向还原了工作室，江湖救急之恩实在大于锦上添花。

白太太比白向大十岁，很有钱，她拿着银行卡，说:“跟我结婚，然后给你妈在老家买套房子吧，整容医院生意越来越好，也划到你的名下，你也可以继续搞艺术，我不干涉，你考虑一下。”

白向想了五秒，接过银行卡，当作是回答。

4

从酒吧街到写字楼的地下车库，路途遥远，调酒师却面不改色。

我们绕着车库来回走了三圈，好不容易才找到车，可看到的那一刻我还是惊呆了——何绵绵这个三八，下午刚提的车居然撞成这个鬼样子。

我指着满地破碎的前车灯，瞪着何绵绵，刚想开口骂她。她却扶在车门上“哇哇哇”吐了，青筋暴起，眼睛红得吓人，清瘦的肩膀剧烈抽动，像是也要碎了。

车是新的，车座上的塑料膜还没来得及撕，调酒师看了看车头，退回了我给他的小费，字正腔圆地对我说：“拿去修车。”

我给何绵绵系上安全带，她在昏睡前对我说了最后一句话：“你看啊，这辆车，一口价，白向在我心里就值这个钱。”

我拨通白向的电话号码：“对不起，您所拨打的电话暂时无法接通，请稍后再拨。嘟嘟嘟……”

路人随手拍下的何绵绵和白太太在三里屯4S店大战的视频，荣登了当天下午的微博热搜榜，白太太把车钥匙摔在何绵绵脸上，说两清。何绵绵捡起钥匙，面无表情，一脚油门，开着车径直撞碎了4S店的玻璃幕墙，她没有刹车，也没有回头。

何绵绵说自己本想像电影里演的那样，扬长而去，不料碰上工体球赛，三里屯实在车太多，她刚冲到街上就被堵得水泄不通。男男女女停下脚步看热闹。何绵绵挂到空挡，在车流人流最密集的地方，补了个妆。

送酒的电动小三轮已经等在路边，我开着破破烂烂的新车在前面带路，何绵绵蜷成一团，在梦里嘤嘤地哭。

何绵绵你在梦里看见白向了吗，他去哪里了呀？他知不知道你爱他的另外一个原因，是因为挂在他工作室墙壁上那张最大的照片，是你的妈妈。

北京夜色未央，路变得又空又长。

空气里循环飘来的鼓点和音乐竟是那首鲜为人知的《西部大镖客》，好看的姑娘们从酒吧里倾巢而出，像夜晚疯长的一簇簇嫩芽。

只见新人笑，不闻旧人哭。

世间有多少完蛋了的爱情，都是因为突然降临了一个无情的价码。

5

我帮杂志做过一期关于女权主义的专题，当时白向作为采访对象之一，见面地点约在了他段祺瑞府里的工作室。

去之前，何绵绵千叮万嘱，让我千万不要告诉他，挂在白向墙上的那张照片，是她妈妈。

我说好。

照片很大，悬在工作室进门正对的地方，我一进门就看到了它，浮在起起伏伏的硅藻泥墙面上，泛着浅浅的一层光。照片上的女人赤身裸体，披头散发，斜着身体，背对着镜头，骑坐在一台破旧的电脑显示屏上，她右侧的肩胛骨上有一块朱砂色的胎记。

还真是好辨认，难怪。

我盯着照片出神，白向笑了笑："噢，这是我做女体摄影的第一幅作品，模特是我大学教油画的老师。那天她来找我，让我给她拍一张照片，那是我最后一次看见她。第二天，她就自杀了。不知道是为什么。"

他不知道，可我知道。

何绵绵的爸爸为了一个美院的大学生，非要跟她妈妈离婚，学校风言风语，动静闹得很大。何绵绵的妈妈抢救的那天晚上，我一直在医院陪她。

医生问何绵绵："你妈吃了什么药你知不知道?"

何绵绵脸色煞白茫然不知，家里的司机拿着血样赶去307医院做毒物检测，医生拿着病危通知书，让何绵绵先签字，她手抖得根本握不住笔。

为了加速体内的毒物代谢，手脚胳膊不够用，医生还要在她的腹股沟也扎上针挂吊瓶，手忙脚乱的小护士哪来得及帮她脱衣服，只能用剪刀全剪了。

洗胃机长长的管子，从喉咙一直插下去。温开水灌进胃里，肚子高高鼓起。她妈妈没有意识，严重昏迷，根本吐不出来。医生见状只得从胃部一拳一拳狠狠砸下去。吐了重新灌，灌完再接着用电泵从胃里往外抽。

她妈妈洗完胃，整个人已经发紫，心率失常，出现严重室颤，医生蹙着眉头让小护士接通了除颤仪。我趴在急诊室的窗口，只见人从床上弹起来快半米。以前电影里才能看到的画面，如今活生生地出现在眼前。

生命体征检测仪的屏幕上，依然死气沉沉。

总算拿到了毒物检测的结果，可护士撤下了针头，拔下了呼吸机。

何绵绵坐在离急诊室最远的角落里，从头到尾也没敢看。我朝她走过去一步，她站起来往后退三步，没有哭。

这是我第一次如此近距离地感受一个人的死亡。

我们那具曾经被来路不明的欲望包裹住的身体，在这一刻丧失了全部的尊严，变成了一块没有光泽不会辩解的肉，摊在时间的案板上任凭处置，终于公平。

我们曾经为了争夺财富，捍卫爱情，一触即发，草木皆兵，也在这一刻也完全失去了意义。

第二天上午，她爸爸下了飞机赶到医院，何绵绵从包里掏出六瓶普罗帕酮，一瓶一瓶递到他手里，说：

“一瓶五十片，我妈她吃了三百片，我给你也准备了三百片，你吃了好追过去跟她道歉。如果我妈她能原谅你，我就原谅你。”

何绵绵的妈妈出殡那天，她烧了家里所有的油画，只留下一幅蓝色水母，出门前她说：

“这幅画是你认识我妈的时候，求她帮你画的，你收好，你千万要挂在家里每天都看啊。”

她从郊区的大别墅搬来了我家，她站在家门口放下行李，失声痛哭。

她说她恨透了全世界的小三，恨透了她爸，再也不会原谅他。

因为何绵绵的关系，我平时跟白向也吃过几顿饭，喝过几顿酒。那天的采访过程还算顺利。走的时候，白向看着照片上的女人，对我说了另外一个秘密。

这个秘密我至今都没有告诉何绵绵。

6

何绵绵走了，她没有带手机，只在冰箱上留了张便笺：

“车你帮我处理了吧，婚纱取不取都行，戒指替我还给他。对了，你酒量差，这么贵的红酒喝不完就拿来炖苹果，煎煎羊排也可以哒。”

何绵绵的爸爸一定也是知道了这件事，来家里来找过她，我说：“叔叔我也不知道绵绵在哪。”

他坐了一会儿，留下一个电话，说如果有了绵绵的任何消息，一定拜托我打给他。

我说：“叔叔，正好，这辆车我也不知道怎么弄，你让司机开走吧。”

站在我家楼下，何叔叔指着车问我：

“撞成这样，绵绵她受伤了吗。”

我说：“没，放心吧。”

听说后来白太太从金宝街的香港马会出来，正巧碰上这辆车在门口停下，何绵绵的爸爸从车里下来往马会里头走，路过白太太的时候，看了看她。

7

同事来家里吃饭，最后一瓶红酒被我拿来焗了泰国檀虾，一滴都没有糟蹋。

何绵绵一直没有回北京，我也开始担心她。

自从她失踪，她爸爸的身体便一落千丈，住进了医院。他托了各种关系，四处打听女儿的下落，听说何绵绵从北疆一路南下，进了藏区，有个背着吉他的男孩子送她去过珠穆朗玛，最后有人看到何绵绵，是她从聂拉木口岸出境，动身去尼泊尔。

对了，白太太的婚姻保卫战失守了，她想要的感情，重金再也买不下。纸终究包不住火，她假孕的事情也没必要再演下去，白向对她说：

“我妈病倒，也是因为你打的那个电话，现在她死了，房子也没人住，我卖了，钱都在卡里，拿回去吧。”

白向从家里收拾了自己的衣服，白太太跪下来求他，他还是关上门走了。

他提着行李来我家取了戒指，说等了这么久，何绵绵也不肯回北京，就算天涯海角，也要去找她。

我突然搞不懂，是谁在孤注一掷，又是谁弃暗投明。

白向，如果你找到何绵绵，千万不要告诉她，采访结束你对我说的那个秘密呀。

还没讲完的故事里，我们都不曾幸福，是不是应该再努力一把，等时间掩盖住伤疤，让爱情依然像不朽的童话。

可是爱情这种东西，虽说随缘，但也不是孔融让梨，不争取，真的就迟了。
最好的缘分，是互相喜欢，一鼓作气。

爱入膏肓

圈子很小，八卦很多。

我前几天在朋友的朋友圈里看到孟晓光搂着一个陌生姑娘把酒言欢，亲昵程度绝不是普通朋友那么简单。

朋友的老公出轨，我到底是说，还是不说？

我拿着手机在家来回走，真的很想把那张铁证如山的照片转发给菲菲，但经我的慎重考虑，最后还是忍住了，理由很简单：既然孟晓光能明目张胆到这个程度，菲菲绝不可能蒙在鼓里。

果然，洗完澡躺下准备睡，朋友圈提示有消息，点开一看，是我认识的人在那张照片下面点了一个赞。

再三确认，点赞的人，不是别人，正是菲菲。

菲菲当初在群里宣布自己要跟孟晓光结婚的时候，我们几个朋友以我为首，坚决反对，意见高度统一。为了拯救她，我们还私下攒了一个局，主题是：避免一失足成千古恨之劝说陈菲菲别嫁给渣男孟晓光。

我们按照约定的时间提前到了一个小时，大家摩拳擦掌，整理思路，十分积极。

我们找来孟晓光是浪子的十项证据，以及嫁给他可能出现的婚姻裂痕。谁起头，谁过场，谁总结陈词，先晓之以理再动之以情，软硬兼施，十拿九稳，觉得劝服陈菲菲一定马到功成。

一切准备就绪，陈菲菲像一朵盛开的桃花推了门进来，双手托腮刚喝了一口柠檬水，正要张嘴，就被我们突如其来的猛烈攻势吓得瞠目结舌。我作为总结发言，几乎带着哭腔求陈菲菲："菲菲，我们认识你这么多年，真的觉得你不适合嫁给孟晓光。第一，你们认识不到三个月，人体大脑分泌爱情多巴胺的旺盛期尚未结束，嫁给他就是冲动。第二，孟晓光处理男女关系的圈内口碑的确是过街老鼠人人喊打，现在你觉得一切都很甜蜜美好，是因为他的浪漫和热情像一块饭后甜点，也许只适合当情人，但绝不适合当老公，嫁给他就是错误。第三，也是最重要的一点，宁拆百座庙，不毁一桩婚，但我们真的不愿意看到你飞蛾扑火，掉进婚姻的坟墓。嫁给他，我们不同意。而且，你爸妈同意吗？"

菲菲咬着嘴唇，撕着手里的餐巾纸，一条一条地摆在面前，她好像根本没听进去我好不容易排练的台词，抬起头问道："你们说完了吧？"

"说完了。"

"你们说得很好，但是……"这种场合，最怕突然冒出一个

“但是”。

菲菲的眼睛突然笑眯眯地看着我们，依旧带着桃花般的羞涩。

那一刻我就知道，刚才应该让菲菲先发言。她耸耸肩膀，一字一顿：“我爸妈，是觉得太突然，也不怎么特别的同意，但是，我偷了户口本。这是我和孟晓光的结婚证。”

我们眼睁睁地看着她从包里掏出小红本推了过来。

既然生米煮成熟饭，作为朋友，自然要祝福。我们祝她和孟晓光婚姻幸福美满，菲菲很开心，趁上厕所的工夫，偷偷买了单。

临别前她说：“在全世界眼里，孟晓光都不是什么好人，但是我爱他，万一他浪子回头金不换，以后就属于我了呢。”

站在午夜的马路边，我鼻子发酸，突然心软，我安慰她：“菲菲，没事，既然结了婚，就好好过日子。婚礼要帮忙，我们随叫随到，你说怎么弄就怎么弄。你说得对，你爱他就够了，万一他浪子回头金不换，以后只爱你陈菲菲一个人。”

连菲菲自己都说了，是万一。

万一的意思，是一万种即将发生的可能，只有其中一种可能是浪子回头，而剩下的九千九百九十九种可能，是狗改不了吃屎。

我们准备好了份子钱，却没有等到陈菲菲和孟晓光的婚礼。他们甚至没拍婚纱照，就直接买了机票去了欧洲，省略所有的过场，直接迈入了蜜月旅行。

姜莱提着啤酒来家里找我，一副怅然若失的样子：“菲菲以前上学的时候不就说过，想要一场童话般的婚礼吗？怎么说不办就不办了？我连马车都替她找好了。”

“你问我，我问谁去啊。活该你还没恋爱就失恋，要不是你一直暗恋菲菲不肯表白，她或许也不会嫁给孟晓光那样的人渣。”

姜莱没想到我这么愤怒。我也是真替他着急，从高中开始就喜欢陈菲菲，硬是憋完了自己整个青春期也没憋出一句我喜欢你，总说先挣够钱了再说也不迟。

可是爱情这种东西，虽说随缘，但也不是孔融让梨，不争取，真的就迟了。最好的缘分，是互相喜欢，一鼓作气。

姜莱抓住我的话柄：“你这么说也不对，孟晓光和菲菲不也是一鼓作气吗，你怎么就这么看不惯他们，张口闭口都说孟晓光是人渣，他到底哪里得罪你了啊。”

对啊，孟晓光是人渣。他究竟哪里得罪我了，只有我和孟晓光知道吧。

菲菲和孟晓光都是土生土长的北京人，家里条件都非常不错，无论如何都算是文化艺术圈有名有姓的人。菲菲大学毕业从新西兰回来，在一次人物访谈中认识了孟晓光，两个人一拍即合，爱得如火如荼。

自从菲菲谈恋爱，原本四个人的聚会，突然只剩三个人，她重色轻友，常常不来出席我们每周一聚的换旧物派对。我们几个朋友都很好奇，到底是何方神圣收了菲菲这只妖孽，可她从来笑而不答，说对方也算是半个公众人物，不方便抛头露面，我们也不便再多问。直到陈菲菲说要结婚，才在我们的强行逼供下，发了一张她和她神秘男朋友的照片。

我以为自己瞎了。

那个照片上的男人，不是孟晓光吗？

那个说自己害怕婚姻，一辈子也不想结婚的孟晓光。

那个直到我们分手，也没有人知道我们谈过恋爱的——孟晓光。

那个化成灰我也认识的，孟晓光。

菲菲在群里发消息："等我们欧洲回来吃顿饭吧，正式介绍孟晓光给大家认识。"

孟晓光很忙，我是知道的。但我没想到，直到收到这条消息后将近两个月，我们才终于吃上了菲菲这顿迟来的喜宴。

出门前，我花一个小时化了妆，穿着平时最难驾驭的高跟鞋，拎着小皮包出了门。我一路忐忑不安，在北新桥的十字路口，径直撞上了前面等红灯的宝马，给人后备厢硬是顶出一个坑。

宝马先生下车怒气冲冲，见是个女司机，强忍着怒火问我："你自己说！怎么办！"

我说："先生我真的赶时间，来不及报警走保险了，我们私了吧。"

"姑娘我也不跟你多说，我这是宝马，随便喷个漆也得三五千，你看我这后备厢，都让你顶得错位了。五千吧，你要觉得不合适，我们就报警，走保险。"

我心想，好不容易打扮得这么美，怎么能错过见孟晓光的机会，只能认账。

可我身上没有那么现金，大哥说："那你加我微信转账吧，再留个电话，万一不够修车也好再联系。”对方也真是个认真的人，他拿起手机，给我录了一段视频，说是以免我找他麻烦，他还让我对着镜头说：“我追尾，我全责，我全赔。”最后他说：“来，别挡着你的车牌号，再拍张照片。”

而马路追尾，却不是那天最令人沮丧的事情。

菲菲和孟晓光的小规模喜宴，安排在金宝汇的大董烤鸭。去之前我就知道，地方一定是孟晓光选的，他那么爱吃宫保虾球，哪次不是要点双份才够。

这应该是我们分手后第一次见面吧。

孟晓光还是戴着他那顶鸭舌帽，帽檐压得很低。他见到我的那一刻，丝毫没有表现出任何意外的神情，像一个反复排练的老戏骨，问好寒暄，收放自如。

我也比自己预想中发挥得要好，虽然心里百转千回食不知味，但也尽量表现出漫不经心的样子。

孟晓光本来也没说几句话，加上席间接了个电话还匆匆离了席，几个朋友都不太开心。菲菲觉察出不妥，解释道：“孟晓光是艺术家性格，平时跟谁都这样，你们别介意。”

其实不解释还好，这么一解释，大家心里反倒有了心结。我给孟晓光发消息：“菲菲什么都不知道，她是好姑娘，你好好对她。”

发完我就后悔了，如果不是菲菲，我真的很想说：“孟晓光，你不是害怕婚姻吗？那你最后还不是娶了她。”

姜莱喝了几杯酒，把车扔在地库，坐我的顺风车，我们两个人谁都没说话，直到车开上二环，他才悠悠地吐出一句："晴天，你有没有觉得，菲菲和孟晓光，两个人完全是貌合神离啊。"

我没回答，脑子一片空白。

我突然就不懂了，不懂陈菲菲，不懂孟晓光，不懂姜莱，更不懂自己。

早知道现在，又何必当初呢。我和姜莱各自心怀鬼胎，高兴也不是，悲伤也不是。

回家后收到孟晓光回过来的信息："你今天很美。"

糟糕，菲菲那天说的万一，泡汤了。孟晓光真的不负众望，正是那万分之九千九百九十九里的人渣，浪子不回头。

其实我又何苦指责孟晓光呢，五十步笑百步，物以类聚，人以群分，他既不是善男，那我也一定不是什么信女。

菲菲结婚后，参加我们聚会的频率越来越少。每次问她，她都说有事不能来，我们也就不多问。

但纸终究包不住火，一个朋友也是憋不住，说漏了嘴："你们猜我昨天吃饭碰到谁了？孟晓光。贵人多忘事吗，他估计是没认出来我是谁，搂着个女孩子，说是女朋友，我可看得清清楚楚，那女孩子不是我们菲菲啊。"

"你肯定看错了。"大家嘴上都这么说，心里却不这么想。后来我们往深了一打听，才发现圈里人竟然都不知道孟晓光的已婚身份，而他搂着的女孩子，才是他公认的女朋友。

我们集体义愤填膺，给菲菲打电话，结果，她出奇地冷静。我们这才知道，原来菲菲被隐婚了。

孟晓光一开始提议去欧洲结婚，也是为了不让太多人知道，他从来不戴结婚戒指，也不让菲菲跟太多人说孟晓光是自己的老公，无非是为了留住自己“单身”的自由身份，方便自己万花丛中四处留情。

菲菲也是娇生惯养长大的姑娘，婚后一直被藏在望京的小公寓里，怎么能受得了这样的委屈。她自己偷偷哭了无数次，却没敢告诉我们，她说怕我们觉得她傻，看她的笑话。

是挺傻的。

姜莱知道了这件事，气得连夜上火，高烧入院，他挂着吊瓶跟我说：“让菲菲离婚，我娶她，以后我照顾她。”

我说：“你脑子有病啊，说结就结，说离就离，你们以为是演戏呢？年纪都不小了，能不能冷静冷静思考问题。结婚还是离婚，那也是菲菲自己说了算。”

菲菲在我家号啕大哭，说：“晴天，我爱孟晓光，他好他坏我都爱，这个婚，我死也不离。”

死也不离。

女人最可怕的地方就在这个地方，赴汤蹈火，试图用爱情的名义去挽留婚姻。

菲菲哭完，打起精神告诉我：“晴天我有办法了。”

我问她什么办法。

她说：“也许生个孩子就好了。”

结婚的时候赌“万一”，婚姻出现问题的时候赌“也许”，动不动就破釜沉舟，将爱情和婚姻都视作战役。

我第一次看见姜莱发那么大的火，他对着陈菲菲咆哮：“你脑子有病啊？真正爱你的男人怎么可能让你伤心。陈菲菲你真是瞎了，以后也别在我面前哭了。你还生孩子？你以为孩子就能留住孟晓光吗？用一个孩子去做交易，也太自私了，我真是看错你了。”

姜莱这么一闹，倒是出乎了我的意料，我赶紧劝，但还是没拦住。姜莱摔门走了，菲菲哭得更凶了。

但我们没想到，一向柔弱的陈菲菲，说到做到，她真的怀孕了。

据说她生日那天，故意灌了孟晓光不少酒。因为怀孕这件事，孟晓光对她也怀恨在心，态度更加冷淡了。

菲菲要去医院做产检，让我陪她去。我正好走不开，实在没办法，最后给姜莱打了个电话。“行吗？你去，你看看，我实在是走不开。”

姜莱在电话里沉默了一会儿，说：“行。”

一回生，二回熟，菲菲再后来的产检，也都是姜莱陪她去的。

菲菲在我家沙发上撕开一袋话梅，开心地说：“晴天你知道吗，大夫们还以为，姜莱就是孩子的爸爸呢。”

我心里想：菲菲，姜莱喜欢你好多年了，如果他真是孩子的爸爸，那该多好啊。

但话到嘴边，我还是咽了回去。

自从有了孩子，菲菲的精神状态好多了。临生产前，孟晓光正在参加时尚集团的发布会，电话怎么也打不通。最后还是姜莱赶到菲菲家，把她送去了医院，他火急火燎地给我打电话："晴天你赶紧，朝阳医院，菲菲要生了。"

我气不打一处来，态度恶劣地问他："孟晓光呢？"

姜莱没听见这句话，匆忙挂断了电话。

我赶到医院，菲菲已经进了产房，只见姜莱坐在走廊上满头大汗。不知道的人，真的会错以为，这就是孩子的爸爸。

菲菲生了个女儿，姜莱笑得比菲菲还要开心，抱在手里，目光如水。

孟晓光总算是来了，他穿着西服系着领结，一副谦谦君子的模样，身上散发着浓郁的香水味，呛得产房里的产妇们纷纷皱眉。菲菲爸妈的脸早就绿了，菲菲的公婆从头到尾也不敢插话，见自己的儿子出现，张嘴就是一顿臭骂："干吗去了？这会儿才来，都生了，你真是……你真是要气死我们啊！"

菲菲倒好，她脸色绯红，一点也不生气，她拉着孟晓光的手，温柔地说：

"晓光你抱抱她，你抱抱。"

我从来没有见过那样的孟晓光，他小心翼翼地抱过孩子，脸上有着说不出的复杂，但我的的确确看见他笑了，他捧着自己的女儿，像一块冰，突然就化了。

他对着菲菲笑："菲菲，她好小啊，她好软啊。"

我觉得产房有点闷，想出去透透气，这才发现，姜莱不知道什么时候，已经走了。

我给他发消息：姜莱，你以前不是问我，为什么一直说孟晓光是人渣吗？因为我爱他。

消息最后还是没发送，这种不合时宜的真相，我自己知道就好了。

从医院出来我哭了，跟孟晓光分手的时候我没哭，他和菲菲结婚的时候我没哭，但是那天我哭了，因为菲菲当初的那个“万一”终于实现了，孟晓光真的浪子回头金不换，从此只爱一个人了。

泪水变成薄雾，蒙上了我的眼睛，我看不清前面的路，只好把车停在路边，心里一遍遍不停地问：

“孟晓光，我们分手的时候，你不是说你不想结婚吗？可你最后，还不是娶了她。”

“孟晓光，至少有一刻，你们两个人，是想白头偕老的吧。”

“婚姻不是玩笑话，当你说出那句‘嫁给我吧’，就决定好了‘要一直留下’，就算你左顾右盼花前月下，摘掉面具，你还是会选择回家。”

那天哭了很久，哭得路灯都亮了，马路都空了。我摇下车窗，深吸了口气，决定回家。

姜莱和我各自向前看，他终于挣到钱买了辆宝马，还找了个年纪很小的女朋友，理由是：

“你们年纪大的女人不好哄，小姑娘见识短，随便哄哄就好了。”

我一拳砸向他，说：“你怎么也变成了人渣。”

姜莱笑着说：“我发现你们女的啊，越是好姑娘，越是喜欢人渣。是不是都天生犯贱啊。”

我不甘示弱，说:“再贱哪有你贱啊。”

姜莱真的是我见过最贱的男人，这几年只要菲菲一个电话，他一定赴汤蹈火，立马出发。我爱八卦，曾经问过他为什么，他说:

“这你就不懂了吧，这就是爱呀。”

我说:“姜莱你是不是脑子有病啊。”

他没反对，说:“对啊，爱就是一种病啊。明知道她犯了错，却忍不住想要拥抱她。”

爱一个人就是这么奇怪吧，管他青红皂白，谁爱得多一点，谁就永远能在这场岌岌可危的战场里杀出一条血路。

以爱之名

1

郑楠摇下副驾驶的窗户，让何真真把手伸到窗外。

“我不。”

郑楠斜了一眼倒车镜，准备变道。

“你伸一下，就一下，别怕，有我呢。”郑楠说完一把方向盘转进了北四环。

有我呢。何真真心想，郑楠有多少年没说过这句话了，杨悠柔出现后，他就没说过了吧，等了这么多年，终于等到杨悠柔走了，郑楠才终于回到自己身边了吗？她看着郑楠出神，郑楠抬了抬下巴，示意何真真把手伸出去试一下。

“什么感觉？”郑楠踩了一脚油门问何真真。

“除了风，没什么感觉啊。”何真真五指紧闭，十分不解。

“哎，我说你胳膊放松一点，手心迎着风，对，就这样，不对，你手掌也要放松，别用劲。对对对，就这样。”

“无聊死了你。”何真真说完，不耐烦地抽回手。

“她说，开车的时候跑到80码，手伸到窗外放松迎着风，和抓着C-cup的感觉一样。”郑楠还想继续讲下去，却被何真真无情地打断了，她知道郑楠说到的“她”是杨悠柔，便不想再继续听下去。

“你差不多行了，怎么没完没了的。”何真真从包里掏出一盒烟，点了两支烟，一支递给郑楠。

何真真觉得，杨悠柔虽然已经人死灯灭，但依然在郑楠心中更胜一筹，不论自己怎么努力，好像都比不上。昨天郑楠亲吻她的全身，最后喊出来的却是杨悠柔的名字。

何真真吐了一口烟，咬着嘴唇看着道路两边飞速倒退的树，像一张张无情的画片，何真真心里想着：杨悠柔我操你妈！

2

何真真相信生命里很多事情的发生都不是空穴来风的，她看到杨悠柔第一眼，就不由分说地认定了这个台湾来的女生是个“碧池”。

杨悠柔嗲声嗲气的自我介绍，让何真真在五分钟里几乎吐到十二指肠抽筋，她听着绵软的台湾腔，感觉自己的身体产生了化学反应，希望这个女的赶紧闭嘴，不然她全身的骨头就会立刻化为一摊血水。

何真真纳闷，自己怎么会这么讨厌一个初来乍到的陌生人，当别人都在赞扬杨悠柔天使般的面孔和粉若桃花的脸蛋的时候，何真真只看到了杨悠柔的做作和龟毛。

有一次上课，老师点名回答问题，全班都没有人举手，只有杨悠柔自告奋勇地站起来，滔滔不绝地表演了一大段，边说还不停地比着手势。老师满心赞许地表扬了她。

何真真跟同桌小声说："要不是因为她胸大，啧啧啧，你看她搔首弄姿的样子，你看看这些男生们的眼睛，一个比一个瞎，永远不知道女神和碧池其实只是一丘之貉，巨胸时代早就过去了，现在是我们微乳界的天下。"

何真真一边说一边摸了摸自己的胸，不仔细摸，还真摸不出波澜起伏，但她心里，早已天翻地覆了。

3

因为接了一泡鸟粪，何真真更加讨厌杨悠柔了。

她和同寝室的姑娘下课后围着操场散步，当她伸出手正准备模仿杨悠柔的时候，一团湿乎乎的东西，"啪！"砸在了何真真的右手掌心，黄白墨绿，带着诡异的余温。

何真真傻了，戛然而止。

旁边原本兴致昂扬的姑娘见状，也立刻闭嘴，马上抬头，操场周围没有大树，瓦蓝瓦蓝的天空里，只有一枚快落山的夕阳把西边的云彩烧得火红。何真真站在原地，一动不动，完全石化了。

"真真，是鸟粪吗？"朋友问她。

"我看是。"何真真端平了手，往眼前凑了凑。心里想着，杨悠柔这个小碧池，连天上的鸟都站在她那边。

回寝室后，何真真认认真真洗了好几遍手，洗完还让寝室每个人闻一下，老觉得自己没洗干净。她掏出手机给郑楠发短信："周五下午有课吗来趟我们学校，介绍个特神的姑娘给你认识，脸比你还白。"

4

因为这条短信，一个月后，何真真在心里扇了自己无数个嘴巴。

她更加觉得，杨悠柔就像她命中的天敌，像鸟粪一样，分明就是命中注定的一泡屎，熏得她睁不开眼睛，并且挥之不去。

那天，何真真刚走到寝室门口，就被郑楠挡住了去路。

"真真，你帮我催一下杨悠柔哈。"郑楠一边说，一边缩着脖子。

"活该！看你贱的。"何真真没好气地撂下话，转身就往楼里走。

这还是郑楠吗？以前多少女生追他他都看不上眼，怎么现在站在北京冬天的夜里，像一只被驯服的野兽呢。而杨悠柔，就是那个挥着皮鞭的猎人，她初来乍到，只用了一个月就俘获了郑楠的心，做到了自己花十多年都没做到的事情。何真真偷偷地站在二楼的窗口，呆呆地看着郑楠。

北京冬天晚上的风像刀子，冷得要命，郑楠穿着羽绒服，拉链没拉，里面就套了一件单薄的浅色衬衫，手里还拎着一个神神秘秘的牛皮纸袋子。

何真真看到袋子，心里一阵委屈，刚才她看到郑楠站在楼下，还以为他来给自己过生日，像每年生日的时候一样。没想到郑楠看到何真真的第一句话，是让她帮忙催隔壁寝室的杨悠柔快点下楼。

何真真径直回到自己的寝室，没有去隔壁找杨悠柔，她一气之下关了手机，翻来覆去，直到天亮才沉沉睡去。

她后悔自己不该介绍杨悠柔和郑楠认识。但是到底哪里错了呢？小时候，何真真不论遇到什么新鲜奇葩的事儿，也都会第一时间跟郑楠分享，郑楠从来都是站在自己这一边，哪怕颠倒黑白，也永远会觉得何真真才是真理。但这一次，何真真忘了，自己喜欢的味道，郑楠也会喜欢，但是自己讨厌的姑娘，郑楠原来未必会讨厌。

江山和美女，自古就是男人的通病。

而偏偏杨悠柔樱桃红唇，实在深得人心。

5

何真真醒来的时候看到郑楠后半夜发来的短信："何真真，祝你生日快乐，刚才着急礼物忘给你了。"

何真真暗淡的眼神突然亮了一下，眼泪留下来，擤着鼻涕边骂边笑，喃喃自语：蠢死你算了。然后立刻翻下床，给郑楠回了条消息："蠢货你哪儿呢？"

郑楠在食堂门口看见何真真远远地走过来，赶忙冲过去揪着何真真的辫子:“我本来想让杨悠柔把礼物带给你，死丫头你还关机了！怎么，是不是看我对她好，你吃醋啦?”

“对，我吃醋了。”何真真睁着大眼睛看着郑楠，她突然认真，郑楠反倒不好意思了。他把牛皮纸袋子塞到何真真手里，说:“行了拿着拿着！是你一直想要的！还不快谢谢哥！”

我呸！何真真每次想表白的时候，都被郑楠一句哥哥顶回来，毫无翻盘的可能。

郑楠陪何真真在食堂吃了拉面，说就当补了长寿面。他把自己碗里的卤蛋夹给何真真，说:“你看你胖的，蛋糕就别吃了，来，对着这两颗卤蛋许个愿吧。”

“我哪里胖，抠就抠呗，有什么不好意思的！”何真真嘴上生气，心里早就原谅了郑楠，她双手合十，闭上了眼睛。

“你怎么不问我许了什么愿?”

“不问，用脚趾头也能想到。”

“那你说。”

“我不，快吃面吧啊。”

“哦哦哦，蛋黄给你。”何真真把卤蛋黄挖出来，扔进了郑楠碗里。

“何真真你这个变态，就不能挖得好看一点嘛，别人不知道还以为你往我碗里扔了一坨屎呢！”郑楠看着碗里稀碎的蛋黄说。

郑楠，我还真是往你怀里送去了一坨屎呢，结果你吃得比谁都香。何真真把这句话硬生生憋回了肚子里。

何真真提着礼物刚推开寝室门，一桶凉水就从天而降，把她浇透了。

“何真真你知道吗，你家郑楠昨天晚上把杨悠柔睡了！杨悠柔昨天晚上夜不归宿，正在宿管老师的办公室里交代来龙去脉呢！”

“我知道啊，刚吃饭郑楠跟我说了啊，有什么大惊小怪的，大家都是成年人，你情我愿睡一下不是很正常？”

吃面条的时候，郑楠没有跟何真真说过这件事。

何真真若无其事地把礼物放到桌上，没有拆。发了条短信给郑楠：“昨天晚上爽吗？”

何真真很疑惑，为什么窗外的北风没命地吹，屋里怎么就这么闷呢，屋子里湿漉漉的，室友洗完头发的味道好像还没散去，夹着衣服上的“食堂味”扑面而来，热腾腾的雾气一下子就蒙住了她的眼睛。

那一刻，何真真突然理解了那个一开始就莫名讨厌杨悠柔的自己，也理解了一个多月来疯狂狭隘和一触即发的自己，她终于承认自己失去了郑楠。

不对，她从来就没有拥有过。

何真真在抽屉里翻来翻去，把东西都拿出来摆在桌上，想找剪刀，拆郑楠送的生日礼物，可找了很久也没找到。她明明记得剪刀就在抽屉里放着，好像出门前拿发卡的时候还看见过，怎么一转眼就不见了呢，去哪里了？

“你们谁把我剪刀借走了啊？”

寝室里的姑娘不知道什么时候都去上课了，没有人回答她。

“你们谁看见我的剪刀了啊？”还是没有人回答。只有墙角的饮水机发出了咕嘟咕嘟的声音，何真真看见倒置的水桶吐出几个水泡，忍不住放声大哭。

何真真没有去上课，发信息让室友帮她给老师请假，就说自己不舒服。这个月何真真请了好几次假，来例假、拉肚子、发烧、家里的猫病了……等等，都用过了一遍，她实在编不出下一个不上课的理由了。她心想，难道失恋不算是最要命的顽疾吗？有哪一种心痛能比失恋还痛呀。何真真没有找到剪刀，委屈得上气不接下气，一直哭了很久很久。

郑楠一直没回短信，何真真的眼睛肿得像桃子，她忍不住又补了一条：

“她身材那么好，便宜你了啊禽兽快请我吃顿好的！”

“哈哈好。”这一次，郑楠很快回了三个字。

爱一个人就是这么奇怪吧，管他青红皂白，谁爱得多一点，谁就永远能在这场岌岌可危的战场里杀出一条血路。何真真心痛到快要窒息，依然为郑楠找了一个漂亮的台阶。

可这个台阶，难道不也算为自己找的吗？何真真知道，就算郑楠要带着杨悠柔去过策马奔腾的好日子，她也依然不想失去他。

何真真安慰自己，这才是真正伟大的爱情。

等着吧，只要他们没结婚，我何真真就还有机会！谁无暴风劲雨时，守得云开见月明！

6

青春就是这么神奇，它接受大多数人的不明就里。我们耗得起每天懒洋洋的晨光，谈得起可以接受任何结局的恋爱，我们简单飞快地相爱，又热烈深刻地享受甜蜜，当我们不小心失去，又能轻而易举地自愈。谁说年轻人不懂爱情，正因为不懂，才是真正的爱情呀。

何真真翘首期盼有一天醒来可以鼓起勇气横刀夺爱，但郑楠和杨悠柔却情比金坚，并没有给她任何趁虚而入的机会。

大学快毕业的那段时间，学校广播台每天都听见郑钧在唱：

天下没有不散的筵席
一切全都 全都会失去
天下没有不散的筵席
你的眼泪 欢笑 全都会失去
所以我们不要哭泣 所以我们不要回忆过去
所以我们不要在意 所以我们不要埋怨自己
……

学校附近的小酒馆夜夜鬼哭狼嚎。

可谁都不知道，除了生死，这都不算别离。

7

北京的夏天，车外燥热难耐，车里开着空调却又像是寒冬。

何真真的电话响了，她接起电话，示意郑楠把窗户都摇上去。郑楠边伸回手边自言自语，何真真说一句，他也慢悠悠说一句。两个人，两个不同的频道。

"这是悠柔教我的。"

"到了吗。"

"她说在电视里学的，她经常说这个也是电视学的，那个也是电视学的。我觉得她很少看电视，到底是不是瞎说的。"

"3号门门口，行，我大概还有二十分钟。"

"但是你别说手感真挺逼真的。"

"嗯，很快到。"

何真真挂了电话，看着郑楠，说："郑楠操你妈。"

何真真哭了，她坐在副驾驶，哭得发抖，郑楠没有安慰她。

她觉得很委屈，就算她对郑楠的爱都付诸东流，就算杨悠柔死了也无法被替代，也不代表郑楠可以一直在自己的世界里随心所欲进进出出呀。何真真心里想，如果每一句口是心非脱口而出的"操你妈"变成"我爱你"，是不是今天会变得不一样。如果第一次见面，何真真穿着裙子骗郑楠一个甜筒，而不是放狗咬他，是不是今天也会不一样。

如果不是借着爱的名义，轰炸了太多爱情的碉堡，是不是这场跋山涉水的爱情，青梅和竹马早已在众人的祝福里凯旋。

8

何真真第一次见郑楠的时候，她的狗冲上去抢了郑楠的汉堡。

何真真的父母都在部队，工作很忙顾不上管她。她刚满月，父母就去了新疆，她被送到了陕西农村的外婆家，一待就是十一年。

何真真十一岁，父母把她接回北京，还带着一条叫锤子的杂毛土狗。当时何真真牵着狗说如果锤子不去北京，她也不去。

都说一方水土养一方人，喝桃花泉里的水长大的姑娘都温柔，何真真虽然漂亮，可脾气却十分糟糕。她回北京后，每天在部队大院里追着锤子跑，很多同伴都绕道而行。锤子虽是土狗，但是身形庞大，凶神恶煞，对身材娇小的何真真来说，旁边大人见了也不免为她捏一把冷汗。很多院里离退休的老干部吃完饭遛弯的时候常能看见何真真和锤子，也总有人见到她爸就说："老何你管管真真啊，今天我们看见她又给锤子买汉堡了。"

何真真力气比同岁的女孩子都大，皮肤黑黑的，带着一条大狗，没人愿意跟她一起玩。

老何因为觉得亏欠女儿，所以非常惯着何真真，为此他也没少和真真的妈妈吵架。

就连锤子后来伤了人，老何也没吼过何真真。

郑楠放学回大院儿的时候，他奶奶给他买了一个甜筒一个汉堡，他正津津有味舔着甜筒呢，突然蹿出一条大狗，朝郑楠手里的汉堡猛扑了上去，他吓得扔下甜筒，本能地拿起书包往锤子的脑袋上砸。

原本在不远处偷着乐的何真真看到锤子被揍，冲上去就一把推倒了高出自己一个头的郑楠。这一幕正好被刚从菜场买完菜出来的郑楠奶奶看见了，她见自己的孙子坐在地上，浑身是灰，手还流着血，又见旁边脏兮兮的书包和津津有味吃着汉堡的锤子，马上明白发生了什么。她一把揪住何真真的胳膊，拉起哭得极惨的郑楠，杀气腾腾地冲到了老何家。

第二天何真真拦着上学路上的郑楠，哭成泪人的她边哭边道歉，说郑楠你能不能跟我爸求情，我赔你十个汉堡，你让他们不要把锤子送走。

郑楠一连好几天，每天一放学就跑到何真真家帮她求情，最后郑楠的奶奶忍无可忍，当着老何一家人的面，把郑楠揍了一顿，说："你这个孩子是不是缺心眼啊！吃里扒外的，手还绑着绷带呢，伤疤没好就忘了疼，没出息！"

功夫负了有心人，最后锤子还是被送走了。

何真真哭了整整三个月。为了安慰她，郑楠背着奶奶，偷偷请何真真吃了一个汉堡，后来又吃了一个，后来吃了三个月，再后来吃了好多年。

郑楠是何真真回北京后第一个朋友，他的睫毛很长很软，皮肤很白很白，瞳孔是咖啡色的，长得像漫画里的男生。何真真的感情大概就是从那时候开始错位的吧，明明想上去抱一抱的人，却放狗咬了他。

明明想说好，张开嘴却变成了"不好"。

中考结束后那个暑假，郑楠的奶奶去世了，何真真哭得比郑楠还凶。

老人家临走前几天还在大院里跟何真真开玩笑:“真真越来越好看啦，长大给我当孙媳妇儿好不好呀?”

何真真说:“不好，奶奶我才不喜欢他这样的呢，比我还白。”

不喜欢才怪。

何真真心里早就说了一万句好，很好，非常好，特别好，简直太好了。

郑楠你说好不好?

这句话，何真真无数次想问，但都没问出口，他们一起上学放学，朝夕相处无话不谈，从幼稚卡通谈到都市言情，始终没有谈到过我喜欢你，你喜不喜欢我。高三毕业，郑楠交了第一个女朋友，跑去问何真真你觉得我买什么礼物给她呀?何真真说，买好吃的吧，电视里说了，只要给买好吃的，都是真爱。

何真真记得郑楠当时一本正经地回答她:“那是你，你以为人人都是猪啊!”

郑楠最后给姑娘买了香水和巧克力，姑娘喜欢得不得了。

何真真心想，真肤浅。

何真真又想，香水巧克力，其实我也很喜欢呢。

没过多久，郑楠的初恋就宣告终结，喜欢香水巧克力的姑娘出国不到一个月，就在Facebook上晒了一张自己在学校草坪上裸体看书的照片，配的文字是: Give me liberty or give me death。郑楠问何真真，这句英文是什么意思。

何真真不可置信地看着他说:“这么简单你还不会，这句话的意思是，不自由，毋宁死。”

郑楠一知半解，说你再给翻译一下。

何真真心服口服，确信自己喜欢的人是个彻头彻尾的学渣，她告诉郑楠："你女朋友的意思是如果没有自由奔放的人生她还不如去死，意思就是不管你愿不愿意她都会脱的。"

郑楠说："完了完了。"

一连好几天，他都在何真真面前歇斯底里，说他一个出生传统家庭的男孩子简直脸都丢尽了，女朋友国外晒裸照，被他妈知道的话后果绝对不堪设想。他求何真真，真真你再帮我翻个墙，我要上Facebook给她留个言。何真真不愿意，郑楠不罢休，说："求你了快快快，我要跟她分手，我要给她自由！"

何真真听到"分手"二字立马来了精神，翻墙注册账号替他分手一气呵成，她两眼放光地盯着郑楠，就像一只饥肠辘辘的狗盯着一块失而复得的肉。

一开始她以为，自己这么了解郑楠，他绝不可能和杨悠柔走到最后。

后来知道郑楠睡了杨悠柔，她觉得，郑楠应该不会和杨悠柔走到最后的吧。

再后来毕业了看见两个人也没有分手，她依然问自己，郑楠怎么会和杨悠柔这样的女人走到最后呢？

直到郑楠发消息给何真真：明天我们拍婚纱照你来帮忙呀。

何真真才猛然从梦里醒过来，意识到自己长达十多年的暗恋终究被判了死刑，并即刻执行。你看，爱情里每一次的侥幸，每一次的自我安慰，终于在青春的尽头现出原形，变成了一辆精疲力竭的马车，带着无尽的期待翻下了悬崖，不停地下坠，粉身碎骨。

何真真没有哭，拿起手机回了条消息："明天有重要采访，不去！"然后她放下手机，若无其事地整理采访提纲，窗外华灯初上，她松了一口气，告诉自己：你看，郑楠和杨悠柔走到最后了，我也终于不用守在原地像一个傻×了呢。

那是她第一次承认：杨悠柔，我好嫉妒你。

不是羡慕，是嫉妒。

羡慕只是觉得好但不一定想要，嫉妒是不仅觉得好而且很想很想要。

9

"你干吗老针对杨悠柔啊？"是郑楠从大学到这几年一直在问何真真的一句话。

何真真说："男人看女人和女人看女人不一样，我们是同类，我就是不喜欢她。"

郑楠问："你是不是喜欢我所以讨厌她？"

何真真本来想说是啊我喜欢你，结果张开嘴依然是："就算世界上的男人死光了我也不会喜欢你的，放心吧。"

郑楠说："何真真你别这样咄咄逼人，杨悠柔不是你想的那样的女人。"

杨悠柔的妈妈是北京人，年轻的时候嫁到了台湾，她爸爸是宜兰当地最有名的厨师，经常给她吃一些稀奇古怪的东西。兴许是吃了太多的山珍海味，发育得比较好吧，又或者是台湾四面环海气候宜人，杨悠柔皮肤很好，身材凹凸有致，长得非常好看，但自古红颜命薄多舛。

十七岁那年，杨悠柔的爸爸经常彻夜不归，她妈妈怀疑他婚外出轨，就打了一辆出租车跟踪他，结果半夜出了车祸，司机当场死亡，她妈妈捡了半条命，但因为伤了脊椎，出院后一直瘫痪在床，他爸爸不仅没有收敛，反而更加没有避讳。她妈妈伤心欲绝，没过多久，就趁杨悠柔不在家，自杀了。据说她妈真的是一心想死，最后硬是在床头敲碎了一个装药的瓷碗，用碎片割了腕。杨悠柔回家的时候，满墙满地都是血。她爸爸跪倒在地上，扇了自己好几个大巴掌，杨悠柔走过去，又扇了他几下。

杨悠柔跟郑楠说，国中毕业她妈原本要带她来北京的，可惜她当时自己不争气，生病了要做手术。然后她妈说，那只能等到高中毕业了。但当她什么都准备好了的时候，妈妈却不在了。杨悠柔从宜兰离开的时候，他爸要开车送她，她跟她爸说："我就算死，也不会原谅你的。"

杨悠柔跟郑楠说："曾经失去的，幸好你都还给我了，不然真的白活了一场。"

杨悠柔说到做到，她到死的时候，也没有原谅他爸。

10

何真真在微博上看到过一段关于爱情最美好的描述，上面说：最美好的爱情应该是山谷，不论你什么时候叫它，声音有多小，它都会回应，是我来了，你正好在。

何真真第一次认认真真听完杨悠柔的故事，是郑楠决定娶杨悠柔的那个情人节，她卸下所有的偏见，一下子理解了郑楠对于杨悠柔的全部意义，对杨悠柔来说，郑楠便是这片辽阔的山谷，回应了她内心真正的孤独和恐惧。

她突然很同情杨悠柔，以至于忘了同情自己，在她内心疯狂呼唤着郑楠也听见自己心碎的声音的时候，那片山谷却一片沉寂，因为郑楠的怀抱里，装着另一片森林。

而这片森林，却在盛夏到来之前，迅速枯萎。杨悠柔在拍完婚纱照后一个礼拜，被查出患了乳腺癌，她一开始以为只是纤维瘤复发，像国中毕业那样做个小手术就好了，没想到医生告诉她，已经是晚期了。

11

其实做不做手术已经没有意义，但为了给郑楠一点点希望，杨悠柔答应了试试看。

进手术室那天，杨悠柔在病房里给郑楠讲了个段子，说你车开到80码的时候，手伸出窗外迎着风，和C-cup的感觉是一样的。

主刀医生中途从手术室出来一趟，说只能先切除病灶区，癌细胞已经扩散了。

杨悠柔术后那张脸，惨白发青，她瘦弱的身体根本经不起大剂量的化疗，不到一个疗程，身体状况更差了。她掀开床单看到自己的胸部塌陷，然后两眼直愣愣地盯着天花板看了很长时间。

她平静地说，郑楠你出去，我要见何真真。

人之将死其言也善，电视里不都演吗，女主如果生病快死了，一般都会跟女二交代一下后事，托付托付爱人什么的。何真真虽然一直也不喜欢杨悠柔，但看到她油尽灯枯的样子，心里还是堵得慌，很堵，像是憋了一颗熄火的炮弹。

何真真坐在病床边，她确信自己没有听错，杨悠柔的确对她说："何真真你发誓，就算我死了，你也永远不会对郑楠表白。"

12

怎么回事，现在的人怎么张口闭口都是永远呀。

何真真从住院处绕到医院大厅，在急诊室门口的长条凳上坐了整整一夜，眼前人影憧憧，匆忙疲倦的护士，伤心焦灼的家属，每个人都是一路小跑，争分夺秒抢救每一个命悬一线的人。氧气瓶冒着泡，监控仪"嘀嘀"地响，除颤器是心脏停搏后最后的砝码。

生病的人可真没有尊严啊，何真真想着，他们被放在病床上任人摆布，失去了全部的社会属性，只剩一副病入膏肓的皮囊，这个时候，哪怕能活着吃一口明天的早餐，是不是就蛮好的。

天亮的时候，她正准备站起来，看见郑楠走过来了。

郑楠哭了。

郑楠几乎是哀求着跟何真真说："真真，她没了，真真，她好像没了。"他的腿一直在晃，整个人感觉随时要瘫在地上。

13

杨悠柔死得太快了。

何真真喝多了指着郑楠的鼻子继续说:“她不是一直挺牛的吗?怎么这么快就死了。郑楠你知道你的杨悠柔，你的女神杨悠柔!那天叫我进去跟我说了什么吗!哈哈哈哈，打死你也不会信的。”

郑楠从一堆酒瓶子里抬起头，两眼红彤彤的像只被端了窝无家可回的兔子。

她居然说:“胸小有胸小的好处，大胸得癌症的风险太高，哈哈哈。”何真真笑得肚子酸痛，她捂着肚子不停地说:“郑楠你看我，你一直嫌弃我胸小，但你看我至少还活着呢，我还陪你撸串呢!我还陪着你呢。”

何真真泪流成河，脚还踢碎了一个啤酒瓶，烧烤店的老板看不下去，跑过来拉着郑楠，说:“你劝劝她，小两口喝点酒拌拌嘴，姑娘哄哄就好了，不行给买个包。”

郑楠把何真真连拖带拽送回了家，他也喝醉了，突然觉得很累，顺势在何真真旁边躺下了。何真真先是抓着他的手，然后抱住他的腰，边哭边亲郑楠的脖子，郑楠使劲要推开何真真，可何真真从小力气就出奇地大。

她摁着郑楠，哭着央求道:“郑楠，求你了。”

郑楠沉默片刻，抱住何真真的头，狠狠地吻了上去。

14

活着的时候再风光，死后也不过是一捧灰。

杨悠柔到死也没原谅她爸，郑楠按照杨悠柔生前的叮嘱，给她爸打了个电话，说是骨灰盒送回去，跟她妈放在一起。

他爸沉默了很久，说："行，我知道，你让何真真送到机场吧，我去接。"

"真真？"郑楠惊讶地扭过头，何真真也停下了手里的活。

"嗯，何真真，悠柔前一阵给我打过电话，说到死也不会见我，也不想让你见我，她说这辈子都恨我，不会原谅我。"

郑楠准备挂电话，她爸又问："你们结婚多久了。"

"很久了。"

"有孩子吗。"

"没有。"

"嗯，好，我明天的飞机去北京，你辛苦让真真跑一趟吧。"

郑楠打电话的时候，何真真在旁边整理杨悠柔的东西，门口鞋架旁边还靠着没拆封的婚纱照，她问郑楠："怎么弄这个？"

郑楠说："烧了吧，烧了。真真，明天她爸来，我跟你一起去。"

15

机场高速车很少，郑楠一直踩着油门。

何真真一直在等郑楠提起那天晚上的事情，但他只字不提，像是跟自己玩了一场宿醉游戏。这是何真真最后一次在郑楠面前哭，她哭自己，哭郑楠，也哭杨悠柔，她在机场高速上放肆大哭，好像一次性哭完后，这辈子都不会再流泪。

如果说，何真真过去对郑楠说过的每一句“操你妈”其实都是“我爱你”，那么刚才她对郑楠说的那句“操你妈”，就真的只剩下愤怒了吧，何真真想到这里，突然觉得胸口刮来了一阵风，吹散了她一直精心呵护的爱情的霾。

“你给她爸打个电话吧，快到了，问问他在哪。”

“不用了，我可能看见他了，白衣服戴帽子那个应该就是，你就停在这，我自己走过去。”何真真从后座上抱起骨灰盒，没有看郑楠，径直朝航站楼出发大厅走过去。

3号门门口，站着宜兰当地最有名的厨师，他味觉灵敏，烹饪出了无数人间美味，可他，到底尝没尝出这趟离别的苦涩呀。何真真看见他穿着干干净净的衣服站得笔直，真的是在等女儿的骨灰吗?

16

何真真没有坐回副驾驶座，她歪在后座上伸直了双腿，看着北京夏天的黄昏，发现自己已经很久很久都没有专心去做一件事情了，哪怕是看看沿途的风景。

回市区的路，虽然很堵，虽然这趟停下又出发的旅途还像从前那样走走停停，但她终于不用以爱之名，再去伤害任何人了。

万物生长，宇宙浩瀚。我们能在同一颗星球的同一个时刻相遇，已经是奇迹。你的星座和我不般配也没关系，因为我爱你。

星座男朋友

你是什么星座？爱你的人又是什么星座？

都说狮子座谈恋爱，最配白羊座，其次是射手。网上说的这些是真的吗？

盘点一下吧。我是狮子座，喜欢的第一个小男孩来自双子，他住在我家楼上，我们的妈妈经常在一起打麻将，志同道合，我们因麻将结缘，很小就认识，青梅竹马。大人们在饭厅热火朝天搓麻将，我和他在客厅专心致志地看动画片。我要看《熊猫京京》，他要看《圣斗士星矢》，两个人为抢遥控器大打出手。他说我幼稚，我说他幼稚，谁也不服谁，她妈趁洗牌的空当跑来调解，提议我们转台看《金刚葫芦娃》，我们说行。

我们一起吃小馆子送来的快餐，茄子炒肉，我爱吃茄子他爱吃肉，两个人很快就能因为一顿饭握手言和，我把肉给他吃，他马上就会突然主动换台陪我看《熊猫京京》。

前一秒下雨，后一秒天晴，简直像个神经病。

我们边看电视，边写作业，互相给对方报听写，我发现他连“幼稚”两个字都不知道怎么写，便嘲笑他比猪还笨，他臊红脸一急之下关掉电视，义正词严说写作业要一心一意不要看电视。轮到他给我报听写，他发现我也不会写“幼稚”这两个字的时候，笑得青筋暴起差点背过气去。

一会儿哭，一会儿笑，喜怒无常，根本就是个神经病。但是纯真年代，谁懂男欢女爱啊，也没人说得清喜欢一个人是什么感觉，唯一能作为我喜欢他的证据，是我开始期待我妈每周都上楼玩牌，每天放学背着书包，我都有一点点想看他发神经。

现在想来，在我纯情得一塌糊涂的童年，两小无猜，相互捉弄，已经是爱情之间最完美无瑕的互动，而让一个乳臭未干的小男孩放弃心爱的《圣斗士星矢》，交出电视遥控器，恐怕也是为感情付出的最惨重的代价。

也许越是笨拙的相互喜欢，越是容易露怯。我妈和他妈怒气冲冲地交换了我们的作业本，就再也不让我上楼和他一起玩了。

青梅竹马被棒打鸳鸯已经够惨，但惨不过懵懂初恋被横刀夺爱。

我真正意义上的初恋是摩羯少年——我的爱情启蒙老师，他的话不多，字写得非常好看，至今无人能比。我们在最好的花季雨季，一见钟情，两情相悦。我们一起听音乐，他陪我看偶像剧，我陪他弹钢琴，明媚的阳光穿过窗帘，软绵绵地铺满整个房间，他褐色的瞳孔，弥漫着浅尝辄止的忧郁和温柔，他偶尔看我的一瞬间，像极了《流星花园》里的花泽类。

我第一次在冬天迟来的晨光里和他拥抱，第一次躲在雨后湿漉漉的小巷子里和他接吻。我们的嘴巴湿漉漉的，我心花怒放，小鹿乱撞，脑子一片空白。忐忑又猎奇的背后，却没有原本想象中那般美好，嘴唇碰到彼此的前几秒，先是有点恶心，然后才是甜，绵长的甜。

我第一次笃定而清晰地发现，只有真正的爱情，才能在时光里发酵，浸泡出这种难以言喻的甜蜜，我第一次变得贪心又小心翼翼，想要永远都沐浴在蜜糖般的色彩里，和他永不分离。

我听她们说，狮子和摩羯天生为敌，但在不管不顾勇敢爱的年纪，荒诞的宿命论根本不值一提，倒是隔壁班的金牛女，她像一团烈火，大摇大摆地扑过来，当着所有人的面说她喜欢我的摩羯少年。我故作轻松大大方方地对男朋友说："那你自己选吧，我和她，你爱谁？"

摩羯少年说："对不起。"

"哦，那好吧。"

十六岁的年纪，我的爱情堡垒轻而易举便溃不成堤，而除了哭泣，我理解的分手情绪，都在情歌里。我戴着耳机，假惺惺地套用歌词里的结局，在故事的最后祝摩羯少年和金牛少女幸福下去。心里却不止一次地号啕哭泣，默默大喊："横刀夺爱的狐狸精幸福你妈×！"

我开始有一点点相信了，摩羯和狮子天生为敌。

光芒万丈的恋人，越是害怕失去越是容易失去。可是星座性格真的准吗？我真的是野心勃勃的狮子女吗？喵喵喵。

释迦牟尼说人有八苦，爱别离和求不得为其二。初恋无疾而终之后，我认识了一位风流倜傥的双鱼先生，让我怀着忐忑的少女心一直单恋了很多年，苦苦追随了很多年，直到我在漫长的等待里慢慢长大，才终于释怀“粉转路人”。

星座恋人虽不是发发必中，但的确准过一次。

我的前男友叫成一，射手座，星座恋人排行榜里，与狮子座最般配。他是我的大学同学，念书的时候我俩一个坐第一排，一个坐最后一排，自由高冷互相不搭理。宿命论发挥了极大的魔力，临近毕业班里都在拍学生作业，我鬼使神差地变成了他的制片兼场记。

成一是朝鲜族男生，单眼皮，小眼睛，个子不高，字也写得很丑，在我们出发去延边自治州拍戏之前，我根本没想过会和成一成为恋人，因为他完全不符合我对理想男朋友的全部想象。

但就那么发生了。

延吉的冬天异常凛冽，我从小到大，第一次遭遇零下二十多度的极寒天气。我们在山谷的湖面上拍戏，湖底冰块的爆炸声音此起彼伏，掉进冰洞里的画面在我的脑海里不断浮现，我吓得腿软，扔下场记板连滚带爬往岸上跑，躲在小巴上说什么都不肯下车。晚上收工，导演成一拿着场记板到房间找我，我以为他要指责我临阵脱逃，可他一张嘴，就只是问我要不要跟他去人民广场吃烧烤。

延吉的烤年糕甜甜辣辣太好吃了，我因为冷，站在广场中间一边吃，一边蹦。成一先是看着我蹦，然后也跟我一起蹦，然后拉住了我的手。时间仿佛凝固了，烤年糕噎在喉咙里，上不来也下不去。

成一问我:“你还吃吗?”

我点点头，又吃了两串。

后来朋友跟我说，你真的是狮子座吗?你也太好追了，两串烤年糕就把你摆平了?我狡辩说，烤年糕太辣，那天成一还给我买了一盒非常好吃的巧克力。

成一是导演，起承转合自然是他的强项，在他预设好的感情戏里，一切都那么顺理成章，这段感情在毕业之际迅速步入正轨。

我心想，狮子座和射手座果然天生一对，注定在一起。

我们有共同的爱好，共同的话题，我学会了如何腌一手地道的韩国泡菜，也习惯了成一的大男子主义。但在成一预设的戏份里，却没有婚姻这场戏。

当朋友和家人众望所归，看似皆大欢喜的时刻，我和成一谈婚色变，节节败退。他说他更爱电影，我说我更爱自由，既然我们爱自己都超过爱对方，好像也没有了非要结婚不可的理由，两个人冷静地喝着泡菜汤，理智地探讨了一下接下来的剧情，最终决定和平分手，好聚好散。

其实婚姻并不是爱情的坟墓，但是迫切渴望一个结果，却是爱情最大的强敌。而过了那个劲儿的恋人，大多都没有结婚。

我和成一分手，动静有点大，因为要分财产。电饭锅和碗归我，他拿走了一台多余的电磁炉，书太重不好拿，取而代之的是两百多张电影光盘，其中有我非常喜欢的几张文艺闷片，都是我上学的时候，从电影学院后门的黄亭子小区淘来的。我说："你喜欢就拿走吧，我留着也没什么用。"走的时候我送他下楼，在胡同口的台湾饭馆吃了一顿正式的分手饭。两天后他跑回家，说新住的地方还缺一个枕头，拿走了他一直睡的那个，走的时候说："照顾好自己。"

那是我最后一次见成一，分手后一年，我在网上看到我们一起拍的那部电影获奖了，江南一个小小的电影节里一个小小的奖项，终于肯定了成一执着电影事业的决心。可听朋友说他跟我分手以后，放弃了电影梦，改拍宣传片了，再后来听说他遇到了一个朝鲜族的温柔贤淑的女孩子，两个人恋爱不久就结婚去了韩国。

我的射手座男朋友变成了我的射手座前男友，昔日的亲密恋人如今也各自为营。我在朋友热心的督促下，和一位祖籍台湾的白羊座城管相亲，隔着肯德基的玻璃墙，我就料到无法与他继续同行。我们成了无话不谈的朋友，他是肌肉健硕酷酷的城管，喜欢张震岳，也喜欢民谣的低吟，他调侃说你们文艺青年不都喜欢我这种吗？

我操起一口并不标准的台湾腔，说："你造吗，喜欢你的都是涉世未深的小清新啦，我可是威风凛凛让人不寒而栗的酷女王噢，我们一点也不般配诶。"

我们天生一对又或是貌合神离，都跟星座没有太大的关系。

爱情不是组队去打的通关游戏，无需我们处心积虑演来演去。在勇敢坦诚的感情互动里，天秤可以爱处女，白羊可以爱双鱼，只要我们彼此都愿意。

小时候老师教我们背诵的押韵诗歌还记得吗：

天对地，雨对风。大陆对长空。山花对海树，赤日对苍穹。

河对汉，绿对红。雨伯对雷公。烟楼对雪洞，月殿对天宫。

晨对午，夏对冬。下饷对高舂。青春对白昼，古柏对苍松。

清对淡，薄对浓。暮鼓对晨钟。山茶对石菊，烟锁对云封。

……

万物生长，宇宙浩瀚。我们能在同一颗星球的同一个时刻相遇，已经是奇迹。你的星座和我不般配也没关系，因为我爱你。

第三章

飞奔

FLY

在理所应当的拥有和猝不及防的失去中，

我花了很多年，来理解人与人之间的热情与薄凉。

长大后我懂了，一将功成万骨枯，其中必有一枯，是心地纯良童叟无欺的自己。

你喜欢的一切，
最后都会变成一座碑

1

北京的公主坟看不到坟，但是家乡的长坂坡真的有道坡。

有一年我回去，发现他们居然把长坂坡的塑像拆了，取而代之的是一小片极丑的街心花坛，非常丑，让我一直耿耿于怀。

从小我妈就跟我说，塑像是骑马的赵子龙，他怀里的小孩是刘备的儿子阿斗，当年赵子龙跟着老大逃跑又掉头，单骑救主，突出重围，是英雄。女流之辈，很少有人懂三国，我妈热衷于织毛衣，更不会跟我多说一句阿斗的妈妈甘梅。

书上说甘梅长得好看，肌肤如玉，我没见过，不过男人不论当不当老大，都喜欢皮薄馅儿厚的漂亮姑娘，这个我信。书上还说，刘备刚开始娶一个死一个，后来很迷信，结婚的时候决定纳甘梅为妾，不敢给她转正，怕她又死。甘梅有一回做梦，梦里吞了一颗北斗星，结果后来就怀孕了，就给儿子起了个名字

叫阿斗。

做梦吞星星这件事，听起来好文艺。

但你说甘梅倒不倒霉，曹操追来了，她老公急忙扔下她和儿子，带着兵跑了。无语。

还有那个糜贞，也是刘备的老婆，为了让赵子龙救下阿斗，怕他的战马位置不够坐不了那么多人，为了腾地方，自己投井死了。糜贞在过去绝对是富二代，家里殷实巨有钱，可她偏偏也爱刘备，甚至爱屋及乌舍命救情敌的儿子，真伟大。

最后赵子龙好不容易杀回去救了甘梅和阿斗，不料老大接过劫后余生的儿子，不仅没有喜极而泣，反倒一把摔在地上，对下属振振有词，大概是说小小犬子不足挂齿，差点害死他一员猛将。这个看起来也挺无语的，如果我是甘梅，就跟刘备拼命，敢摔我儿子，定睚眦必报摔他的汗血宝马。但我猜其实刘备为人父亲，肯定也是爱子心切，但是碍于江山社稷，君王面子薄，喜怒也不敢形于色。

长大后我懂了，一将功成万骨枯，其中必有一枯，是心地纯良童叟无欺的自己。

2

我家住在长坂坡附近的熊家山顶，我奶奶活着的时候住在太子桥边。我们县城里的人，去远郊的玉阳镇，必经一座破败的张飞亭，亭下立碑，刻着“张翼德横矛处”，小商贩把擦汗的毛巾搭在碑上，借着阴凉卖甘蔗和茶鸡蛋，石碑周围都是踏烂的紫色甘蔗皮。每逢触及此景，就像看到英雄脸面遭人践踏，不由心疼张飞。我觉得自己的多愁善感就是从那时候开始的。

这座小县城曾经到处都是三国古迹，英雄战马的铁蹄踏出的珍珠泉至今还在清澈远播的梵音中冒着白白的雾气。只不过寺里山上的兔子和野鸡，都在大雪纷飞的时候让当地的地痞流氓烧杀掳掠，变成了特色火锅。

寺里的和尚就知道念经，也不知道出来管管。

我总是像这样瞎操心，所以刚上小学的时候成绩不好，不好好写作业，十个拼音八个不会，我妈教完我，还不会。她就生气，罚我在厕所跪搓衣板，跪着写作业，还一边气哼哼地说我是扶不起的阿斗。我问我妈是什么意思，她心情好的时候就解释说恨铁不成钢，心情不好就解释说烂泥巴扶不上墙。

年纪小，听不懂。觉得汉语拼音害人不浅，但在搓衣板的鞭策下，我的语文成绩迅速蹿到班里前列。八岁的时候我妈带我去了趟桂林，回来后我文思泉涌写了一篇游记叫《桂林山水甲天下》，在课堂上被老师诵读，同学们都投来嫉妒的目光。我自此立誓，长大后要变成一代文豪。

但是后来发现文豪的下场似乎都不怎么好。先说外面的，据说荷马是瞎的；但丁家族没落，从小他妈就没了，最后自己还客死他乡；莎士比亚家里有钱，但是没毕业他爸就破产了，还要去肉店打工。再说回来，曹雪芹的小儿子去世，他自己一病不起到最后都没钱治病；李白等一行诗人都是酗酒狂人古今皆知；屈原投江，一心求死，所以抱着大石头，生怕自己跳下去后又浮出汨罗江；司马迁的故事大家也都在书里看到过。

啧啧啧。

不忍卒读，想想就疼。

长大后我懂了，做人还是不能想太多，没用。

3

南方冬天没暖气，冷起来要人命。我家有。

因为是烟厂家属区，有自己的锅炉房，冬天大炉子烧得滚烫，家里的暖气片也滚烫。从小我妈就偷偷放暖气片里的热水让我烫脚，厂里的人都这么干，锅炉房的师傅一急，经常往水箱里倒煤渣，后来水变成黑色，混着一股二氧化硫刺鼻的味道，我妈就让我先泡，泡完用干净的热水再冲一遍，太机智。

我现在怀疑小时候总生病可能是因为洗脚洗多了，中了锅炉房下的毒。

那时候隔三岔五就发高烧，加上爸妈离婚，家里没男人，都是我妈自己背着我去医院。我家在熊家山顶，医院正好在长坂坡顶，从烟厂的后门走小路，穿过几个鱼塘就能到医院的后门。

鱼塘主人养了几只羊，每次我都趴在我妈背上，让她捡地上一颗颗的豆豉，回家后爆炒辣椒，很下饭。我妈就说，打完针回来再捡，这会儿捡了没东西装。

一来二去医院的护士都认识我了，好几回烧成肺炎，医生都摇摇头，让我妈把我背回去，说孩子没救了之类的。我妈就边哭边把我往回背，到家就把我扔在沙发上。然后急匆匆跑去找隔壁单元的张师傅。

长坂坡上神人多。

张师傅是做拖把的，他个子不高，脑袋很圆，鼻头很红。平常总能在我们那栋楼尽头的空地上做拖把，五颜六色的拖把穗几乎都是附近楼上的人淘汰的秋裤或者被单。我家的拖把，十几年都是从他手上买的，我不穿的秋裤也会拿给他，剪碎了给别人家用。他除了做拖把，还会替人算命，医生救不了我的时候，都是他救我。

每次我妈喊他来家里，他都要作法发功，摇头晃脑，嘟嘟囔囔，完全听不懂。结束后还在黄纸上画两张符，烧一张让我喝，然后在我的床头贴一张。作完法，张师傅依然回去坐在小板凳上继续做拖把。

就这样我家到处都贴着符，那时候是用糨糊贴，特别牢，粘上之后真的撕不下来。有时候半夜上厕所，看见黄符，能把我吓个半死。

那家总说我救不活的769医院，后来被改了名字，叫长坂坡医院。但是他们这帮莫明奇妙的人，为了盖楼，居然又神不知鬼不觉地把我奶奶家门口的太子桥给拆了，换成了一座碑。

又是一座碑。

我奶奶说，我喜欢的一切最后都会变成一座碑，她说得好抽象，我没太懂。但是我奶奶去世后，真的变成了一座碑。

长大后我还懂了一件事，以前我让我妈捡的那玩意儿根本不是豆豉，是羊屎，是后来我看到家里兔子拉屎后觉得似曾相识，就跑去问我妈，她才告诉我羊屎兔子屎确实和豆豉有几分相似。好险。

4

自从发现自己无法从苦其心志饿其体肤中体悟人生变成文豪之后，我就一心想当官。尤其是我小学三年级当了一学期的路队长，便从此一发不可收拾。

路队长就是放学后举着小黄旗带路的，我带的那条队伍都是住在子龙路上的孩子，人员结构很简单，因为子龙路是爬上熊家山唯一的路，山脚下是市政府，山顶是武装部，再往里就是卷烟厂。

放学后大家在教室门口站成一队，清点人数后就出发。路队长负责带头过马路，等红绿灯，谁先到家，谁就先离队。我经常走到人多的地方就故意停下来整整队伍，立正稍息立正，大家都听我的，感觉很威风。

一般队伍到山脚下，就只剩烟厂的孩子了。我们互相都很熟，便立刻一窝蜂钻进山脚下的大铁门，从山上抄小路。小时候觉得什么都很好玩，队伍里的男生经常会给我们女生表演吃蚂蚁，对，就是抓一只蚂蚁放进嘴里咽下去。真蠢。

每次吃完蚂蚁一定会砸马蜂窝，砸完就背着书包拼命跑，我一般都是提前跑出很远看他们砸。终于有一天，他们扔出去的石头砸到了大树深处别人家的玻璃，再后来马蜂窝就不见了。

我从小就看《格林童话》，所以坚定地相信这个世界上的某个角落会有一大笔宝藏。有一次我和一个姑娘捡了两把钥匙，我和她高度一致地认为钥匙可以开启某处暗藏的金银珠宝，于是我俩就背着队伍里的其他人，偷偷把钥匙包起来，埋在了以前挂着马蜂窝的大树下。我们挖了个坑，约好找到地图后再回来拿钥匙，不然拿回家怕被别人发现。这是真的。

可能是小孩子忘性比较大，厂里有了统一的班车后，我们第一小分队就解散了，我俩也没去找地图。大家都坐班车回家，很少再从小路爬熊家山。

后来我稍微长大了一些，和我表姐有一次路过那棵大树，我说你信不信，这棵树下有两把钥匙，是我埋的。她不信，我说我挖给你看。那两把挖出来的钥匙一直被我小心翼翼地收在铅笔盒里，最后被我妈卖废品的时候卖了。

当路队长的时候，还有件事情我一直不敢说，怕我妈知道了骂我，所以憋了很多年。那会儿我们队伍里有个男生姓毛，我给他起了个外号叫毛毛虫，我特别喜欢让他单独表演吃蚂蚁给大家看，那半学期他老老实实吃了很多只。我还回家跟我妈说你知道那谁谁谁吗他居然吃蚂蚁，我妈说是吗他脑子是不是有病啊，我说没有啊他数学成绩很好的。

小时候我以为自己只不过是很喜欢当官，颐指气使，爱欺负人，长大后我懂了，原来那种感觉叫喜欢。那时候长坂坡上有赵子龙和他的骏马，阿斗还在英雄的怀里酣睡，我们都还不到九岁。我就说吧，长坂坡上神人多，我和毛毛虫也是其中两个。

5

但是我上学真的非常不喜欢坐烟厂的班车，因为班车上混杂着高年级的学生，轮不到我当老大，加上那会儿我个子矮，脑袋大，家里没爸，有个男生就很喜欢欺负我，抢我的座位，揪我的辫子。他欺负人的时候，别人都不敢说话，大家都很怕他。

当时我经常放学回家就跟我妈哭，说那谁谁今天又怎么怎么。然后我妈一打听，发现他爸他妈和我妈志同道合，就立刻约了一桌麻将。他妈脸上有块很大的胎记，看一眼就忘不了。我妈边摸牌边说："回去跟你儿子说，以后不要在班车上欺负我的女儿。"他爸妈说："行，没问题。"

他根本不听爸妈的话，变本加厉欺负我。后来他爸妈和我妈变成了亲密的麻友，我妈还把他叫到家里炖鸡给他吃，想尽各种办法也改变不了他欺负幼小的恶劣本性。他终于上初中不用坐班车的那天，我简直如获新生。但是依然给我幼小的心灵留下了重创，他的名字我记了二十年了，觉得自己还能再记二十年没问题。印象里好像听我妈说过他后来的样子，好像打架还是吸毒，又好像是打他妈，总之没有变成一个善良的人。

长大后我懂了，恶人自有恶人磨，轮不到你和我。

6

烟厂的班车队有好几个师傅，其中一个年纪大的姓王，车开得好，人也很好，慈眉善目，笑起来眼睛像弯月亮。有时候放学我妈没下班，家里没人，我就会跟着王爷爷去车队大院里写作业，等我妈。

不开车的时候，王爷爷一般都在院子里洗洗车，擦擦座位，然后就戴上手套开始编花篮和簸箕，编好的篮子拿去卖，还带好看的图案，很精致。那是篾匠干的活儿，我还跟他学过，但是那东西太锋利，很容易划伤手，我也就看看，不是谁都能干的。我家买菜的篮子就是王爷爷送的。

我妈说王爷爷在我很小的时候就照顾过我，我没印象，记不住，但就觉得跟他很亲。

那个大院离我妈的车间只有一墙之隔，有时候我妈上夜班，我会翻墙过去，在车间里乱窜。

领导来检查，我妈就把我藏在车间的废纸盒子里。纸盒子很大，我个子小，躺在里面，上面盖着铜版纸根本看不出来。经常领导走了，我妈跟人聊天忘了喊我，我就躺在盒子里睡着了。我长得挺好看的一个小姑娘，从小就沾满了烟草味。

不过那味道确实好闻，满车间都是金灿灿的烟丝，和点燃后的味道不一样。因为很早就在车间混，厂里很多叔叔阿姨都认识我，他们给我讲各种奇怪的故事，印错的铜版纸会帮我用铡刀切好，装订成册，让我回去当草稿纸。别的同学草稿纸是买来的，都写得特别小，特别整齐，我的草稿纸则乱写乱画，不经意翻到背面，可能还能看见他爸爸抽的烟，当时我觉得特别有优越感，恨不得抄篇课文都打打草稿。

卷烟车间都是三班倒，我妈以前是小工，后来代班当了班长，就会明目张胆装一包散烟，让我翻墙出去拿给王爷爷。后来厂里效益不好，班车都取消了，我就很少看见王爷爷。再后来我上初中，我妈有一天跟我说你还记不记得王爷爷，我说哪个王爷爷？

她说我忘恩负义，王爷爷就是哪个哪个。

我说：“哦，想起来了，记得记得。”

她说王爷爷得肝癌死了。我挺疑惑，这么好的一个人，怎么会得肝癌。

我妈也没说话。

我在心里默默地算着，长坂坡上，又少了一位神人。篾匠王爷爷编的花篮比姑娘还美，他有一颗温柔的匠心，死后却没有人给他在长坂坡的尽头立座碑。

因为他是外地人，他的碑立到他老家去了。

长大后我懂了，吸烟真的有害健康。

生命是一个圆圈，是生和死连成的线。
时间是一个圆圈，是白天和黑夜连成的线。
婚姻也是一个圆圈，是男人和女人连成的线。
大家从这个圆圈跳出来，又跳进下一个圆圈。
所有故事的开头，看上去都很美。

断指老少年

1

“狗日的，狗日的，看老子怎么收拾你。”

老八恶狠狠地搓了几颗油亮的花生米，啜了一大口酒，咂咂嘴。

陶子坐在他对面，脸哭得像一只大花猫。老八转身到厨房拎出一把菜刀，抱起陶子就出了饭馆的大门。

老板娘钻到款台后，屏住呼吸，哪敢言语。

月亮快升至半空，午夜还没有到来。云彩后能瞧见半枚长了毛的月亮，空气氤氲潮湿，蛐蛐儿也静悄悄的。老八大步流星，穿过两条短街，目的地是街尾那家没挂牌的茶馆。

“今天可有好戏看咯。”卖瓜的小贩还没收摊，深夜甩货，西瓜跌至两毛一斤，他肩膀搭着毛巾，饶有滋味地看着急匆匆路过的老八，说着风凉话。无知者无畏，一个路人甲，谁管你陶老八是不是出来混的。

老八头上冒出大颗汗珠，离近了还能闻着一股子白酒味道，怀里的陶子快要睡着了。

“陶……陶子，你妈是在屋里头的吗？”老八张嘴一个闷嗝儿。

陶子没张嘴，怯生生地点点头。

老八把陶子放到地上，对着绿漆的木头门“哐当”就狠狠踹出一脚。

原本嘈杂的搓麻声戛然而止，老八站在门口望了一会儿，朝一个体态丰腴的女人径直冲过去，“丁零哐啷”碰倒好几个凳子，瓷杯翻了一排，泡太久的茶叶，软趴趴地撒了一地。

杨眉背对着茶馆大门，明显还没从这场突如其来的袭击中回过神来。

老八拿刀指着她：“几点了？”

女人摸了一张东风，正要出牌。

老八接着挑衅：“老子问你几点了？陶子又自己去馆子吃饭，我看你他妈的倒是自在得很咧！”

女人说：“你个神经病，我看你是喝得脑壳不清楚了！”

麻将桌上的人手忙脚乱地把钱塞回兜，散到屋子的角落里窃窃私语：

“他们不是离婚了吗？”

“离了啊，离了也是陶子的爹妈。”

“不就是让孩子自己去馆子吃顿饭，老八至于的吗？”

“谁知道呢。”

架不住旁人拱火，老八光是看见杨眉那副爱搭不理的样子就够了。他一把扯掉红地毯裁的麻将布，白花花的麻将和骰子“哗啦啦”撒了一地，声音异常响亮。他拿刀架着杨眉的脖子，眼睛红彤彤像是要杀人。

“有本事你砍啊，砍噻。”

刚才还指手画脚的一帮人，突然闭嘴了，茶馆里鸦雀无声，斗地主的炸金花的搓麻将的都停下来，替死到临头的杨眉捏了一把汗。

他们都以为，杨眉这回死定了。

陶子不知道啥时候挪到屋里，被眼前这一幕吓坏了，她扶着妈妈的椅背，“哇”一声号啕大哭。

2

茶馆老板娘赶忙劝：“老八老八，先把刀放下，有事回家说，你看看这像什么样子，孩子还在这儿呢。”

“这个死婆娘还知道孩子？一天到晚就知道打麻将，麻将打不死她，老子今天砍也要砍死她！”老八拽紧菜刀，酒劲上头，摇摇晃晃。

杨眉嘴硬得狠：“砍砍砍，大不了同归于尽！都离婚了，你还真是管得宽，下馆子怎么了，你以为下馆子吃很便宜啊？我养的陶子，她吃啥我决定，要你管！”

“哎，你也少说两句。”茶馆老板娘两边劝，但谁也不肯服软。

大家都以为，新仇旧恨，老八怕是真的要下狠手，弄不好，还会杀人。

老板娘给靠近门口的“拐杖李”递了个眼色，示意他报警，拐杖李瘸着腿偷偷溜了出去。

其实杨眉嘴硬也不是没根据。

她是老八的初恋，太了解他了，她知道老八虽然性格暴戾，但这点江湖规矩还是懂的，一不和女人喝酒，二不和女人动手。

但她还是不够了解老八，还有第三点：老八喝完酒，就指不定会做什么了。

还好，拐杖李刚从茶馆溜出去，老八就把刀从杨眉脖子上撤了回来。

大家都松了一口气。

但是，这不算完。

“臭婆娘你给老子看好，要是再打牌，老子再剁的就是你的手。”

老八说完，杀鸡儆猴，手起刀落，自己剁了自己左手的半截食指。

事发突然，前前后后不到半分钟。

大概是喝完酒，血气足，老八的断指没一会儿就染红了小半张麻将桌。

老八抬起手举到杨眉跟前，半截食指的骨头已经断了，但还连着一点点肉皮，就那么血淋淋地挂着。

杨眉的声音有点发抖，她脸色煞白，强作镇定，吐出两个字："疯子。"

麻将馆的老板娘赶紧冲上去捂住陶子的眼睛，晚了，她全都看见了。

陶子吓得尿了裤子，脚下湿了一大片，不哭不闹也不躲，就那么傻站着，眼睛直愣愣的。

3

警车停在医院门口，老八死活不肯下车。杨眉上前拉他，老八的手使劲一挥，骂道："狗日的不用你管！"

话音落处，原本连着最后一点皮肉的指头，这回彻底断了。

那半截食指顺势被甩了出去，落在地上滚了好几圈。

杨眉见状，顾不上跟他争辩，二话没说捡起指头就往急诊室冲。警察也火了，铐住老八的双手，硬架着他也往里头去。酒醉如泥的老八就是个神经病，大家好不容易才将他摁在急诊室的椅子上。

"怎么搞的这？怎么都掉了？接不接得上还是个问题噻……"小护士看着桌上半截指头皱眉，准备给值班主任打电话。

男人的世界里，两种东西可以壮胆，一是钱，二是酒。

武松打虎前是不是喝了十八碗酒？酒喝到位，胆大包天，都觉得自己是天王可以盖地虎，哪还会怕疼？

听见护士说可能接不上，老八做了一件让所有人都毛骨悚然的事情。

他抓起桌上的半截食指，塞进嘴里，“嘎嘣嘎嘣”吃了。

吃了。

真的吃了。

老八瞪着眼睛，从嘴里吐出唯一没嚼烂的残渣：一小片指甲。

睡眼惺忪的小护士惊醒，不可思议地看着老八，又看了看杨眉，看了看警察。像是在确认自己所见确实不是做梦。

警察问杨眉：“他是不是脑子有病啊。”

杨眉刚准备要说什么，就捂着嘴从急诊室冲了出去。

午夜的县医院冷冷清清，走廊深处都没有开灯，门房的保安打着盹，风扇呼呼地吹着桌上的本子，杨眉在走廊的尽头哇哇地吐。

4

杨眉婚后出轨，让老八颜面扫地，他被扣上绿帽子而失去的尊严，在这个野蛮而又血淋淋的夜晚被尽数收回。

大家一传十，十传百，越传越神。

他们说：“老八吃人啦！”

老八宿醉醒来，哼哼唧唧找水喝，头疼，手疼，全身疼。

他下楼喝稀饭，发现自己变成了街头巷尾的饭后谈资，名声比他和杨眉闹离婚的时候更红。

“老八来了，老八来了。”大家交头接耳。

那半截食指，被看作是老八心狠手辣的有力证据，兼具了想象力和说服力。

在江湖里混日子，懦夫遭人唾弃，英雄被人敬仰。

他们说，老八为了警示他人，宁愿牺牲自我，断指为谋的精神、勇气可嘉，令人钦佩。

老八端着稀饭碗，摇身一变，从酒鬼变成了英雄。

大家得出了一个统一的结论：陶老八，狠角色，不能惹。

如此一来，黑白两道，老八的江湖地位愈发不可动摇。追随他的人更殷勤，害怕他的人也更害怕。

江湖小角色们提起老八，各个闻风丧胆，避之不及。

可他那帮兄弟们，怎么能错失这种攒酒局的良机，他们纷至沓来，打着为老八宽心探病的幌子，再次端起酒杯，火上浇油：

“大哥终于沉冤得雪，狗男女不得好死，这杯我干了，大哥你随意。”

“杨眉再怎么过分，陶子都是无辜的，这杯我干了，大哥你随意。”

“的确过分，的确太过分，怎么可以和好兄弟的亲弟弟睡，这杯我干了，大哥你随意。”

“就是就是，大哥风流倜傥正值青春，不能在一棵树上吊死，该翻篇就翻篇，这杯我干了，大哥你随意。”

“你们这帮龟孙子懂个屁，不要哪壶不开提哪壶。来，我们不醉不归，前尘往事谁也不许再提，我们祝大哥哪里跌倒哪里爬起，这杯我们哥几个干了，大哥你随意。”

美酒在眼前，老八从来都不随意，见他们干了杯中余酒，也就着江湖义气，尽数都干了。

老八因为醉酒可闹过不少笑话。

他经常喝完酒在回家路上摇摇欲坠，在哪里跌倒，索性就在哪里躺下去。

单位领导劝他少喝，可他永远嘴上是一套，桌上又是另一套。

他年迈的老妈妈抱来老八爸爸的遗像说："你跪下，你发誓，老八你发誓你不喝了。"

老八在外头犯浑，但他非常听两个女人的话，一个是陶子，一个是他妈。他妈让他跪下，他"扑通"就在水泥地上跪下了，眼睛都不眨：

"爸，妈，我发誓，我再也不喝了，再喝我不是人。"

可老八发过那么多誓，他自己都数不清了吧。

再喝不是人，再喝是孙子，再喝猪狗不如，再喝天打雷劈，都信誓旦旦了一遍。而且每次发誓，老八都流露出迷途知返痛改前非的神色，真诚走心，演技逼真。

但江山易改本性难移，在老八的意识里，对于宿醉后头痛欲裂生不如死的记忆，有效期最多没有超过三天。第四天他一定会回到酒桌前，依然神采飞扬。

兄弟们跟他开玩笑："大哥你不是跟你妈发誓了再也不喝了吗？"

老八笑嘻嘻地举起自己的左手，摆出发誓的动作，说得特别有道理："别人发誓三根指头，我，陶老八，两根半，发誓不算，说话不算嘛。"

5

老八清醒的时候，偶尔也会为自己辩解，说自己是因为婚姻受挫，失去尊严在先，才沾上酒瘾，变得粗鲁又不解风情。

杨眉不甘示弱，也替自己说话。她说自己是因为老八沾上酒瘾，变得粗鲁不解风情在先，才红杏出墙，带着嗷嗷待哺的陶子择良木而栖。

那些隔岸观火的看客们，没有人会真的在乎故事里究竟是谁先背叛了谁，他们只在吃饱睡醒的闲暇午后，期待每天都有“好戏”上演。他们不在乎，也不觉察，认为只要不是发生在自己的身上，便可肆意消费旁人人生的残酷。

戏台还是那个戏台，老八和杨眉各执一词，搜肠刮肚找来催人泪下的说辞，以证明自己的清白。

他们对陶子说：

“陶子，你爸是酒鬼。”

“陶子，你妈是赌徒。”

陶子年纪小，大人的话她似懂非懂，坐在小板凳上捧着图画书“咯咯咯”地笑。

可人生的戏台，变幻莫测，真比图画书里的世界要精彩多了。

陶子哪知道自己的人生，从出生的那一刻起，就注定被打上了跌宕起伏的标签呢。

老八和杨眉冤家路窄，“挥刀断指”也不过是冰山一角。

6

杨眉婚后出轨，老八也有责任。

兄弟托老八帮忙，让他帮自己的亲弟弟在县里找份工作。

于是老八引狼入室，让年轻俊朗的小武暂时住进了自己的家里。

小武生性淳朴，几乎没见过涂口红的女人。他眼里的杨眉，两片猩红色的嘴唇看上去柔软极了，说话的时候，鲜艳欲滴，声音绵密如同白砂糖，让人两腿发软，头晕目眩。有一回他刚上完厕所出来，看见杨眉正给陶子喂奶，不自觉臊得脸通红。杨眉见状，微微一笑，不仅大方地敞开衣衫继续喂奶，还跟小武开起了玩笑。

小武支在客厅的那张折叠床，睡觉的时候咯吱响，弹簧摩擦的时候，就像一根火柴，点燃了他躁动不安的心，让他的脑子肿胀得快要爆炸，躲都躲不了。

杨眉爱生活，爱四季，爱窗外的一切，也爱小武的青涩，她脸色绯红，像一团火扑了过去。

那天老八上班中途回家拿东西，正巧撞见杨眉和小武在家里翻云覆雨。老八怒火冲天，当场砸了弹簧床，他指着小武，让他立刻收拾东西滚。

老八借酒浇愁，越喝越愁，每天酩酊大醉，闹得街坊邻居都鸡犬不宁。

杨眉倒是敢做敢当，小武虽然被赶走了，但她心头那汪春水荡起的涟漪却久久无法平息。

她说:“只要因为爱，做什么都是天经地义。”

老八问她:“杨眉啊杨眉，我和小武，你到底选谁?”

那天老八砸烂了家里的锅碗瓢盆，摔门离去。

杨眉站在阳台对着老八喊:“你回来，你今天就把话说清楚!砸东西是吧?你不回来是吧?你不说清楚，我就把陶子给你扔下去!”

感情有多认真，就有多伤人，老八没什么好说的，他大步向前没有回头。

杨眉气昏了，她从床上抱起陶子，从楼上扔了下去。

二楼不高，陶子天生命硬，她的襁褓正好挂在了花坛里的小叶黄杨枝头。

邻居们纷纷打开窗户“看好戏”，看到这里也都吓得不轻。

“拐杖李”正在家门口择菜，见杨眉扔孩子，扔下菜篮子，赶忙一瘸一拐跑过去，把陶子从矮树上摘下来，抱上楼还给了杨眉。

他使劲跺着自己的拐杖，说:“这么乖的孩子，你说你们，造的什么孽这是。抱好了，陶子要真有什么三长两短，有你们受的。过不好就离，天天吵来吵去，也不怕让人看笑话。”

“拐杖李”以前不拄拐，因为工伤被电梯卷了腿，从厂里提前退下来，拿着赔偿金和老婆开了间茶馆。他看着老八结婚，看着老八当爹，看着老八戴绿帽子，看着老八喝得不省人事。

他什么都看在眼里，但他很少凑在人堆里评头论足。但就连他，也忍不住开口了。

“虎毒不食子，孩子是妈身上掉下来的肉。老八犯浑，你不能犯啊，孩子这么小，还是多为她想想吧。”

说完这些话，“拐杖李”便一瘸一拐地下楼了。他想了想，最终还是没有告诉杨眉，老八刚才走的时候是哭着的。

“拐杖李”深谙男人的面子，他自己因为受伤，经常大小便失禁，非常没有尊严。但他老婆从来当作没看见，什么都不说，也不安慰，只默默地把他换下来的裤子拿去洗了。

所以他知道，男人有很多脆弱的时刻，就是要假装看不见。男儿有泪不轻弹，老八不回头，是打肿脸充胖子，是在抓着他那仅存的一点点尊严。

7

面子能当饭吃吗？老八觉得能。

他虽然说话很糙，但样貌确是英俊非凡。尤其是在他不喝酒的时候，眉宇神态还与港星周润发有八分相似，但喝完酒就不一定像什么了。

他爱看水浒，一百零八梁山好汉，最喜欢的就是花和尚鲁智深。老八凑热闹，也称自己为“洒家”，这两个字，真的和他这个人一样，出神入化，又很有嚼头。

可鲁智深是什么人？

行侠仗义，豪爽直率，嫉恶如仇，粗中有细，喜欢喝酒，很难忍住。酒品不好，撒酒疯的时候，几十个人也拦不住，借着酒劲大闹五台山。长老赶他下山前，送了他四句话：“遇林而起，遇山而富。遇水而兴，遇江而止。”

陶老八觉得，这不就是在说自己吗？

只不过，老八的辽阔人生还未正式“南征北战”，便遇“情”字而止，老八戴着那顶“绿帽子”，元气大伤，好多年都不敢近女色。杨眉这一汪祸水，可真是差一点就把老八“逼上梁山”。

但有时候差一点，还是差很多的。

老八说自己看破红尘，这辈子都不会再相信女人了，但有人提点他：“不必一朝被蛇咬，十年怕井绳。如同树大招风，漂亮女人的确带了几分姿色就带了几分危险。可相貌平平的女人，还是值得你陶老八再次重返红尘的。老八你可还记得当年的玉兰妹妹？我可听说，她也离婚咯。”

8

天生是角儿。

这几个字说的一定是老八和杨眉，他俩喝酒的喝酒，赌博的赌博，各自相安无事，沉寂多年。

然后在两个人梅开二度的“第二次婚礼”上，在你方唱罢我登场的礼炮声中，又重新引来众人围观，热闹非凡。

杨眉和小武结婚了，老八和玉兰妹妹也结婚了。

两个人在同一条街上的同一家饭店里先后办了婚礼。饭店面对面，来吃酒席的人，好几桌甚至都是同一波人。他们吃完杨眉的喜酒，紧接着又去吃老八的喜酒。他们不情愿地掏出随礼的红包，开着认真的玩笑：“你们这可挣得够够的啊，没下回了吧？”

老八搂过玉兰妹妹，笑得合不拢嘴。他摆摆手，斩钉截铁："那必须是没了，最后一次，我发誓。"

老八又在发誓了。

9

玉兰妹妹，是老八重返红尘的理由，也是他名正言顺的第二个老婆。

老八和她本来是初中同学，当年玉兰妹妹对老八也是青睐有加。但她长相一般，人也格外老实，从来没有跟老八表露过自己的心意。

玉兰妹妹命途多舛，实属不易。毕业后早早地嫁了自己的远房表哥，生了个儿子却是先天弱智。孩子的问题成了婚姻的硬伤，矛盾激化到最后，只得分道扬镳。最后玉兰妹妹除了傻瓜儿子，什么都没要，跟她胆小怕事的远房表哥说，就算捡破烂也要把儿子养大，养一辈子。

老八听了这件事，沉在心底的英雄主义情结瞬间被苦命的玉兰妹妹唤醒，他为玉兰妹妹的遭遇打抱不平，挺身而出。

男人要么在事业里找成就感，要么在女人身上找成就感。

成就感很多时候，其实就是一种"被需要"。

苦命的玉兰妹妹，在人生遭受挫折的时候，正好需要老八这样讲义气的男人。

遭受背叛重击的老八，也正好需要玉兰妹妹这种永远也不会出轨的女人。

同是天涯沦落人，两个人惺惺相惜，一拍即合。

这段姻缘，迅速尘埃落定。

玉兰妹妹成了陶子的后妈，她兜来席间剩下的所有喜糖，笑嘻嘻地一股脑全给了陶子。

陶子正在换牙，旧乳牙掉了，新门牙还没长出来。她还是成天咧着嘴傻咯咯地笑，兜里揣着大把的喜糖，高高兴兴地分给所有人吃。

长空悠悠霁日悬，六翮不动凝飞烟。乌云散尽，生活突然变得比蜜还甜。

生命是一个圆圈，是生和死连成的线。

时间是一个圆圈，是白天和黑夜连成的线。

婚姻也是一个圆圈，是男人和女人连成的线。

大家从这个圆圈跳出来，又跳进下一个圆圈。所有故事的开头，看上去都很美。

很久以后，陶子回忆起这段如鱼得水又风平浪静的日子，设想着：如果这个故事里的每个人，都能沿着此刻的生活轨迹继续走下去，犯过的错都躲过，该说的话都好好说。

……但接踵而至的风波，哪有什么如果，魑魅魍魉喜人过。

老八注定是戏台上屹然不倒的主角儿。

10

在老八眼里，如果说杨眉像一朵娇艳欲滴的玫瑰，那玉兰妹妹就如同洁白的玉兰花。她恪守妇道，相夫教子，淡雅芬芳。虽然没有杨眉那般相貌出众，但也算好看、耐看。

老八对自己明智的选择满意极了，他逢人便说，我这个老婆很听话。

玉兰妹妹确实听话，默默操持家务，说话细声细语，也不会爱上别的少年。

老八放下防备，乖乖地交出了自己的工资卡，交出了自己的财务自由，放心地将家庭理财的大权交给了玉兰妹妹。

人为财死，鸟为食亡。

玉兰妹妹精打细算，算满了自己和傻瓜儿子的未来，却从来没算老八的。

老八的妈妈高血压住院，要用钱。玉兰妹妹露出了“守财奴”的真面目，站在医院大门口死死护着包，一分钱也不肯多掏。她说:“你们兄弟好几个，为什么我们就要多掏，我不掏。”

玉兰妹妹没掏，她哭了。

老八心软了，心也凉了。

他突然发现，在玉兰妹妹和她傻瓜儿子的世界里，自己顶天只能算一个门外汉，再仗义也没用。他永远都和他最爱的那杯酒，大义凛然地站在所有人的门外。

11

人的记忆，是从几岁开始的呢?

三岁能记住两岁时候的事情，四岁能记住三岁时候的事情，但到了五岁却不一定能记住两岁和三岁时候的事情。

陶子在麻将声中慢慢长大，四四方方的麻将桌上，笼罩着她最不喜欢的味道。

客厅的灯连夜开着，灯罩被烤得有些焦煳，保温杯里的隔夜茶生出铁锈味儿。谁的烟头不小心，又在桌布上烙了一个黑色的小洞，弥漫出浓浓的烟油味儿。手心渗出的汗裹在麻将上，又黏又腻。这些气味掺杂在一处，野蛮地打断了她前夜还未醒透的美梦。

茶几上放着陶子一天的零花钱，她习以为常地塞进书包，穿过客厅去上学，像是穿过了好几个世界。

推开门，南方清晨湿漉漉的新鲜空气扑面而来，好闻得几乎要醉倒。

一路上她都在想：老八过得好不好，他昨晚又喝酒了吗？他在干什么呀？好爸爸坏爸爸，帅爸爸丑爸爸，天涯海角，老八也是亲爸爸呀。

12

老八在喝酒。

对于酒，他是个长情的人。他分辨不出女人的好坏，却能分辨出酒的好坏，这也算一种天赋。

他常常醉得不省人事，将冰箱门当成厕所门，打开门便尿尿。

玉兰妹妹拿他没辙，只好打电话给陶子："陶子你劝劝你爸，我们谁说他，他也听不进去，你劝他试试。"

老八连连点头，答应陶子："行行行，爸爸答应你噻，以后绝对不喝了。"

一年三百六十五天，老八三百天在喝酒，六十天在醒酒，剩下的五天他发着毒誓，说自己再喝酒就是畜生。

大家帮老八找来一千个戒酒的理由，他总能为自己找到一千零一个借口再喝一口，他大言不惭:“人在江湖走，哪能不喝酒。”

后来老八的妈妈站在他的病床前，替他补充了后半句:

“人在江湖飘，哪能不挨刀。”

13

老八这个傻×，混黑社会，被人捅了。

他为了义气，曾在酒桌上替兄弟出头，结果得罪了人。

据说被得罪的那哥俩，早就想下手了，好不容易碰到老八喝多还撂单，就在他回家路上，把老八捅了。哥俩骑着摩托车冲过来，人都没下车，捅完之后，扬长而去。

老八自己捂着肚子，打了个车去医院，司机吓得没敢跟他要钱。

老八的兄弟们闻讯，带着一大帮人，凌晨冲到医院对面的家属楼，踹开院长的家门，直奔卧室。从床上一把抓起院长，用刀架着他穿好裤子，威胁他亲自出马，给命悬一线的老八做手术。

院长的老婆衣衫不整，缩在墙角吓得魂飞魄散。

设备简陋的县医院，院长被老八的兄弟们紧紧盯着，可他到底是老练，依然沉住气把手术给做了。

院长听说过老八“断指”的故事，但没想到，没有麻醉师，老八竟然也一声没吭。

他敬老八是条汉子，佩服得连连摆头，伸出大拇指，只说了一个字:“狠。”

老八的确是狠。

他的肚子被人开膛，刀口离心脏，差不到一厘米，五脏六腑，捅漏了一半。院长把他的肠子塞回去，在他的右腹缝了两道将近十多厘米的创口。

老八躺在床上，浑身插着管子，像一只漏气的皮球，毫无生气。他一会儿清醒，一会儿糊涂，足足昏迷了三天三夜。

他们都以为：这道坎儿，老八恐怕迈不过去了。

可对于老八自己，就像是就着隔夜的猪皮冻，喝了一斤烈酒，做了个梦。

14

有时候，你发现酒是个好东西。它能帮你抵御身体的疼痛和寒冷，能让你在黄泉路上斗胆跟小鬼们讲几个很荤的段子。深夜里孤独的小鬼一高兴，跟你起兴干一杯，称兄道弟，就准许你再回来人世间。

老八醒了，彻底醒了，他渐渐恢复了意识，成了县城里福大命大不死的奇迹。

大家松了口气，调侃起他第二天下午刚刚抢救完的情形。

据说当时老八在病榻上睁开眼睛，扫了扫满屋子的人，以为自己快死了，张嘴第一句话竟然是问有没有酒，宿醉难受，临死前想再喝一口，透一透。

老八的妈妈冲上去就是一拳，打得老八龇牙咧嘴，逼着老八发誓：

“你发誓，你发誓你再喝酒就死妈。”

老八哪经得起这么一拳，他晕了过去。这个毒誓，他好赖是没说出口。

玉兰妹妹在病床前迎来往送，单位的慰问金，兄弟的慰问金，街坊邻居的慰问金，杨眉的慰问金，尽数都装进了她自己的兜里。

杨眉一向泼辣，她站在病床前，毫不留情：“你这种流氓，被捅成这样都没死，老天爷是不是瞎了啊？”

可就连换药的小护士，也听出了她的口是心非。

杨眉打来热水，掀开被子要替老八擦身子，老八恼羞成怒：“哎哎哎，不用你不用你！”

“不用我你用谁？你那玉兰妹妹说她儿子发烧来不了，你兄弟也说走不开，给我打电话让我来。你以为我愿意来啊，要不是看陶子的面子，我才懒得管你，陶老八你不是大哥吗？你这个大哥混得也太惨了。”

陶子在一旁写作业，乐呵呵地看着杨眉数落老八。

老八老老实实翻身，不还嘴，杨眉骂骂咧咧帮他擦背。

那一刻，曾经恨不得砍死对方的两个人，干戈都化成了玉帛。

15

救命之恩，没齿难忘。

老八出院的时候，去给院长送锦旗。他带着十几个兄弟，护着两张红彤彤的锦旗，把院长办公室围得水泄不通。

老八说，锦旗收下还不够，这条命是院长给的，必须拜个把子。

院长见他人多势众，咬咬牙，当场拜了。

老八说：“今天你就是我哥了，以后有酒一起喝，有肉一起吃。”

院长很幽默，他说：“行，有苦有难你陶老八独自承担，你下次被砍的时候我还负责救你。但我有个请求，那天半夜你们谁踹坏我家的大门，先把钱赔了。”

为了庆祝老八死里逃生，兄弟们张罗着去喝一杯，去去晦气。酒桌上，每个人都很开心，把酒言欢，连连举杯。

陶子却惊魂未定，她险些失去了老八，被噩梦反复吓醒。

她在梦里摇着老八的手说你醒醒，可老八却死死闭着眼睛，什么都不听。

16

老八这条命“重启”后，作的第一个重大决定，就是和玉兰妹妹离婚。

他拿着巨额赔偿金，让玉兰妹妹去城里最好的小区买套大房子，以后和儿子好好过日子。

玉兰妹妹收下钱，感动得热泪盈眶。

老八的兄弟们不解，问他这是为什么？老八说：“一个女人带个傻儿子不容易，钱给她就给了吧，钱还能挣，但人心隔肚皮的日子，能不过就还是别过了。”

岁月不饶人，老八年轻的时候，很少说这么伤感的话。

有人问他:“陶子呢，陶子不也长大了，你就不为自己的女儿打算打算?”

老八给陶子打电话:“闺女，周末来看看爸爸啊，想吃什么跟我说。”

17

老八不会做饭，只会煮面。

陶子站在厨房门口，看宿醉醒来的老八煮挂面。

沸水煮开，挂面扔进去，撒点盐，快起锅的时候，再添一碗凉水，等水再开了，面捞出来。

碗里是提前搁好的佐料，普普通通的酱油和醋。

但陶子一直都疑惑不解，老八煮的挂面为什么那么香呢?难道是妙在最后的那一勺猪油和浇头上?

猪油是老八自己用大肥肉炼出来的，每次熬一大碗，随用随取。浇头则是前一晚在餐馆没吃完，打包回来的菜，很随机。有时候是青椒肉丝，有时候是茄子肉丝，有时候是干煸牛肉丝。

每次陶子都吃满满一大碗，连汤都喝个精光。老八说:“锅里还剩点儿，咱俩一人一半吧?”

陶子说行。

吃饱了回家，杨眉问她:“你爸都给你做什么好吃的啦?”

“鱼头炖豆腐。”

杨眉碎碎念:“能耐了，这个混账东西现在还学会做饭啦。”

陶子打着饱嗝儿，想着下周还要去陪老八，还要去吃世界上最好吃的挂面。

18

陶子高中毕业，离开家去外地上学。走之前一个礼拜，她和老八坐着吃面，看着老八那半截食指隐约露出的软骨，想起了那个血淋淋的夜晚：她被困在茶馆的一角，地上都是泡烂的茶叶，拐杖李瘸着腿偷偷溜出去，老八举起一把明晃晃的菜刀，血溅得到处都是。

她端着面碗问老八："人肉是什么味道？"

老八说："有点咸，有点酸。"

陶子问："好吃吗？"

老八说："不好吃。"

陶子问："疼吗？"

老八说："喝多了，不疼。"

不疼。

老八拿出一张银行卡递给陶子，说："拿着花，交男朋友的时候，不要总让男孩子买单。"

陶子对老八说的，依然还是老生常谈的那句话——"少喝酒。"

开车前，她又对老八说："爸我走了，你少喝酒，别打架，年纪大了就别当大哥啦。"

老八摆摆手，红了眼圈。

老八知道，失之东隅，收之桑榆，自己从来都不是真的想当谁的老大。

有件事忘了说，老八被人捅，住院的那段时间，“拐杖李”拄着拐来了好几次，最后一次他拍拍老八的肩膀，语重心长地说：“兄弟，人一辈子，就这么几杯酒，谁先喝完谁先走。以后少喝，争取看着陶子长大嫁人啊。”

老八说：“肯定的啊。”

19

陶子再见到老八的时候，在医院的太平间。

老八躺在白瓷砖砌成的台子上，眼睛紧闭，脸红得发青，浑身散发着酒味。

老八听说陶子今年春节要带男朋友回家，一高兴，喝多了。端着酒杯栽倒在酒桌上，再也没爬起来。

陶子退到门外，直愣愣地看着老八，眼前一黑。

“陶……陶子，你妈是在屋里头的吗？”老八张嘴一个闷嗝儿。

陶子摇摇头，老八抱着她，晃悠到街尾买了个瓜，瓜比陶子头还大。

卖瓜的小伙子个高脸白人很帅，他说自己叫小武，瓜都是自己种的，沙甜多汁。

回到家，杨眉早就做好了晚餐，眼睛笑成一弯月牙。

老八说：“乖陶子洗洗手，先吃饭，再吃瓜。”

梦里的老八，没有断指，每个夏天都拿起明晃晃的菜刀切西瓜。

梦里的火车不分昼夜，载着陶子走走停停，依然开去了远方。

我坐在床边听她讲完自己杀人的故事，像是吃了一颗炮弹，感觉舌头和嗓子都被炸得稀巴烂，这些年想问的问题，想说的话也全都被炸碎了。

心魔

我从来不知道我妈会喝酒，也不知道我妈说喝一杯的意思其实是一杯又一杯。

晚上刚进家门，我妈就拉着我说:“大伟子，来，陪妈喝一杯。”

油炸花生米，放凉了撒点盐，吃着脆香。

半斤散装的白酒下肚，我妈就开始哭，哭着哭着就开始吐，边吐还边不停地喊:“大伟子大伟子，妈杀人了啊。”

我妈倒是想把舌头捋直了啊，可凭她怎么使劲，“大伟子”三个字从她嘴里喊出来都像是“大鬼子”。

我不信。

一个平时连鸡都不敢杀的女人，怎么可能杀人，一定是酒喝多了乱说话。我也不想跟她争辩，便顺着她的鬼话，有一搭没一搭。

“妈你这是咋啦？我爸呢。”

"你爸是个鬼。"

我突然心头一沉，后背发凉。这才发现自己已经很多天没有爸爸的消息了。每年放寒假回家，我爸一定买好我喜欢吃的菜去车站接我。这次倒好，临近深夜，饭都快吃完了，我爸连人影都没见着。端菜上桌，我还问她我爸去哪儿了，可我妈当时烧着一锅热油，盯着翻滚的花生米噼里啪啦，沉着脸，也不回答。

"妈你别喝了，我爸呢?你们是不是又吵架啦，他又住单位去啦?"

"你爸不是死了吗?你爸是个鬼啊。"

这个玩笑开得有点大，我有些生气了。

别看我妈精瘦精瘦的，但是喝醉了却死沉，我费了好大的劲才把她从厕所搬到床上。刚扶她躺下，她又一个鲤鱼打挺坐了起来，像不倒翁。

"妈你乖乖睡，我去给我爸打个电话。"

"不准打。"

半夜三更，我妈张口闭口说我爸是个鬼，心里不由得七上八下。我刚要起身回客厅找手机，就被她使劲拽住了胳膊。

"妈你先撒手。"

"不撒。"

"妈我要撒尿。"

"不撒。"

"妈你撒手让我去撒尿。"

"不撒。"

“妈你是不让我撒尿还是不撒手?”

我妈盯着我，像个小女孩，委屈得呜呜直哭。眼泪鼻涕和在一起，不停地说自己杀人了，很害怕，还说自己在梦里天天被鬼追，怎么踢都踢不开。

演得好逼真。

那一刻，我默默地发誓，再也不让我妈喝酒了。

因为她真的杀人了。

我坐在床边听她讲完自己杀人的故事，像是吃了一颗炮弹，感觉舌头和嗓子都被炸得稀巴烂，这些年想问的问题，想说的话也全都被炸碎了。

要说我妈杀人这件事，首先得承认，我爸真的是鬼。

我爸和我妈，当年虽然是家里人给介绍的，但两人一见钟情，成了彼此美好的初恋，爱得如火如荼。可好景不长，我爸在我出生没多久就病死了，他死后，我外公外婆合计着让我妈趁年轻再找个好人家。

外公在街头巷尾溜达了半个月，东一趟，西一趟，就这么让我妈嫁给了隔壁的老陈，也就是我现在的爸。

外公说:“老陈有背景，家里粮票多，不愁吃穿，跟着他，日子好过。”

可老陈得过小儿麻痹，所以腿不好，走路有点瘸，模样长得也不怎么好看。老陈看上我妈漂亮我知道，但是他家容许我妈带着我这个拖油瓶子嫁过去，还是提了两个条件。

一是让我改姓。

我亲奶奶不知道在哪添油加醋听说了这事儿，气冲冲跑来跟我妈吵架，说他儿子李明国就是我妈克死的，还问我妈和老陈是不是早就有一腿。本来我妈还在犹豫，结果奶奶这么一闹，作决定反而轻松了，我的名字改成了陈伟，随老陈姓。

小时候，我一直以为老陈就是我亲爸，直到有一天我妈带我去买菜，让一个不认识的老太太把我骗走了，我妈才说，那是我亲奶奶。结果，我奶奶和我妈又大干了一架，但是之后常常家里有点啥，我妈也会背着老陈说："大伟子给你奶奶拿点去。"

奶奶也跟我说："大伟子你要好好照顾你妈啊。"

女人真的是世界上最奇怪的动物。

老陈对我视如己出，人看起来傻傻的，总爱带我出去四处炫耀，逢人就说这是我儿子。有些人吧，眼力见儿特别差，故意说："你怎么会有这么好看的儿子。"

老陈黑下脸，顶一句："我看挺像的，一个模子出来的。"

可我俩真不像。

所以老陈对我好到天上去，我也终究不是老陈亲生的。

所以当初才会有第二个条件，我妈要给老陈再生一个儿子。

我妈过门的时候，是答应过的。但她没做到，因为她给我生了个妹妹。

妹妹出生后，一向性格温顺的老陈变得气急败坏，经常因为炒菜盐放多了这种事跟我妈吵架。原本不咸不淡的两个人，吵起架来反倒更像夫妻应该有的样子。

我知道老陈不是气我妈给他生了个闺女，是因为我妈差点就要给他生个儿子，结果眼看儿子要生了，我妈却毫无征兆地流产了。

就像你本来要炒盘菜，你好不容易买了豪华的山珍海味，撒好葱勾好芡盛出锅，盘子就在你跟前。你拿起了筷子张着嘴流着口水等着美美地吃一顿，“吧唧！”盘子扣地上了。

我妈睡觉，老陈就躺在边上。半夜我妈肚子疼，掀开被子一摊血，老陈的儿子梦就此终结。他刚得知我妈怀了个儿子，高兴劲儿还没过呢，就没了。老陈捶胸顿足痛斥我妈太不小心，但是当时他如果知道我妈是为啥流产的，非得捶死我妈全家。谁说虎毒不食子的？呵呵。女人狠起来是真狠，发疯撒泼，六亲不认。

自从我妈照了B超得知是儿子，便整天忧心忡忡。天天趁老陈不在的时候捶肚子，故意捶，跳台阶，玩命造，硬是把老陈的儿子捶成了死胎，最终流产，自己还险些赔上命。

不可思议，你说我妈是真的蠢呢还是真的特别蠢呢？我反正是蒙了。我妈借酒耍赖，哭着说她怕给老陈生了儿子，老陈就对我不好了。

她就是因为这个——怕老陈对我不好。

多么正当的理由。她在梦里被鬼追了这么多年，纯属活该。我觉得自己这个时候应该说点啥。但我一张嘴：“妈，多大个事儿，先睡。我拍拍她的后背。”

千错万错，她是我妈。

妈妈真的是这个世界上神奇的物种，母爱更甚，我不懂也没关系。

可是…… 可是个屁，她是我妈，要理解她。

不过还好还好，我妈杀的人不是老陈，老陈没死，我就放心了。

老陈想要儿子，没要到，可怜。

他和我妈后来又努力了一把，生下了我妹陈莹莹。老陈长得丑，可莹莹长得美，细细看她精致玲珑的五官，还真是随了我妈和老陈的全部优点。

小莹莹八岁了，美人胚子，又萌又软。我上高中参加田径运动会，临冲刺的时候，莹莹在边上使劲喊:“伟哥加油！伟哥加油！”我差点就暴毙在操场上。

你说她到底懂吗?

她当然不懂，不懂我们大人内心深处的晦涩和肮脏。

那次运动会我拿了男子四百第一，莹莹一声“伟哥”像一支箭，满场追着我跑，我吓得屁滚尿流，于是跑得飞快飞快。裁判在终点笑得快要背过气去，莹莹忽闪着大眼睛钻进我怀里大喊:“伟哥伟哥你好厉害！”

我恼羞成怒，故意摆出一副凶相:“叫哥哥，别叫伟哥，听见没? 叫哥哥就给你买糖吃。”

奇怪，老陈不在家，莹莹这只小跟屁虫竟然也没在。我回过神来。

“妈，莹莹呢?”

我妈睡过去了，眼角有眼屎，还挂着泪痕，眉毛好像打了个结，满脸细细的皱纹，醉红的脸还渗着惨白，好丑。今天怎么了这是，怪事一箩筐。我也就喝了二两白酒，怎么有点想哭呢？怎么有点想钻进我妈的梦里看看呢？看看那只整天追着她的魔鬼，到底是她没出生的儿子呢还是她自己呢？

我还睡着，就听见我妈早早地起床了，她又吐了好几茬。我爬起来的时候，她正坐着吃一碗青菜面，我也有一碗，清汤寡水的，漂着小葱末。我看了看我妈，眼睛肿得吓人，像两颗毛桃子贴在脑门上。

“妈，我爸和莹莹呢？”

“莹莹上你外婆那了，你吃完面去接她。”

夜里的事情，我妈没有再提，我也不再提，好像什么都没发生过一样。面还没吃完，我爸拎着大箱子回来了。可我出门的时候他又拎着箱子跟我一块儿走了。

老陈回来收拾东西，我妈帮他叠衣服。

老陈的爸爸，不知道从哪里给老陈又找了个女的，老陈挺喜欢，也是，没啥不喜欢的，最主要的是年轻身体好，睡了一回，就怀上了。现在孩子三个月了，是个儿子，老陈给她弄了个城市户口，决定娶她。但是首先，他要跟我妈离婚。我妈一句话也没说就同意了。她对老陈，心里有愧。可愧字怎么写的，竖心旁，加只鬼。我妈也是心里有鬼吧。最后我妈只提了一个条件，就是要莹莹，老陈一点儿争取的意思都没有。大家心平气和，各取所需，好像早就准备好了似的。

我妈说：“就当扯平了吧。”

下楼的时候，我帮老陈拎着箱子，他虽然一瘸一拐走在前头，看着却出奇得轻松，他的儿子梦，终于照进了现实。我也替他高兴。

送老陈上车，他欲言又止，末了说:“大伟子，照顾好你妹和你妈。”

我说:“放心，那是我妹，那是我妈。”

老陈的车消失在路口，在一起这么多年，我妈真的就这样大大方方让他走了。我妈后来不做噩梦了，老陈走的时候，梦里的那只鬼好像也跟着老陈一起走了。她心里的鬼，终于在梦里原谅了她。

时间是一片茂密的森林，怨憎会、爱别离，都是生命里的洪水猛兽。爱，是我们唯一可以驯服它的皮鞭。

爱是一根皮鞭

1

外婆养的猪，前几天让洪水冲走了。

事发突然，逢人她就讲：夏末的正午，天突然黑了，狂风暴雨说下就下，外婆从茶馆冲回家收衣服，刚进门就听见一声巨响，院子里的围墙轰然倒塌。

外婆蒙了，小舅不知道从哪里冒出来，拉着她往二楼冲。幸亏跑得快，院子很快就被淹没了。洪水来势凶猛，湍急的水流拍烂了猪圈的围栏，两只猪哼哼唧唧扑腾了几下，就被卷走了。洪水无情人有情，外婆眼睁睁看着猪消失在断壁残垣之间，眼圈一红，一拍手一跺脚说：“完了完了完了……”

事情还没完。

外婆家住在县城郊区，独门独院两层楼，院子里有片四四方方的空地，周围盖了一圈平房，猪圈正好紧邻围墙的一个直角。

围墙外有条小河渠，平日里流水缓慢，绿藻悠悠，臭气熏天。十多年来，河里的水位不断下降，有的地方甚至露出了河床。谁能信一场突如其来的暴雨，小河渠不仅起死回生，还卷走了外婆家的猪。艳阳从乌云背后爬出来，半座城市都泡在水里，烂沙发、烂水桶、烂萝卜，飘飘荡荡随处可见。

外婆说："猪浮三江，狗爬四海，猪打小就会游泳，要不再找找？"

万一能找到呢。

可立秋后还有一伏，俗称秋老虎，奇热无比，一家人大汗淋漓沿着河渠上下游找到天黑，连根猪毛都没看见。周围的邻居听说了这事儿多半都捂嘴笑，有人劝外婆别找了，说猪没淹死，也早让人捡去了。

外婆一连好几天都站在院子里唉声叹气，趁大家不注意，总骑着三轮车四下转悠，好多热心的邻居们都跑来跟我小舅说：

"你妈又在附近晃，这么热的天也不怕中暑。"

"不就两只猪吗，至于么？"

"你赶紧去看看，你妈杵在老陈家的猪圈门口不肯走，非说猪是她的。"

"大兵啊，你妈是不是得了老年痴呆了啊？怎么感觉说话有一搭没一搭的？"

还没等我小舅还嘴，我妈就从厨房冲出来："你妈脑子才有病！"最后差点打起来。

……

晚上我妈和小舅在饭桌上都劝外婆："妈你别找了。"

外婆端着碗没吭声。

我妈又说，"没了就是没了。"

外婆突然就哭了，比外公死的时候哭得还凶。

2

我们都以为，她哭一次就算了，没想到外婆一连哭了好几天，直到我妈给她买了一张全自动的豪华洗牌桌，她才渐渐走出暴风雨过后的阴霾。

外公活着的时候，不让外婆打麻将，他觉得麻将是腐朽的"封资修"，要坚决抵制。所以外婆手痒的时候就去找隔壁老陈，让老陈喊外公出去钓鱼，她就能偷偷摸摸的打。

神不知，鬼不觉。

外公烧头七那天夜里，她大张旗鼓地张罗了一桌，兴致勃勃搓了一整夜。

麻将桌正正好好对着外公的遗像，外婆说："搓嘛搓嘛，头七还魂，搓给他看。"

据说那天一向逢赌必赢的老陈自从上桌就开始手抖，状态不佳输得很惨，后半夜还搬来了自己的儿子当救兵，继续陪外婆搓。最后外婆以一敌三，独大。天亮散场，大家合账，外婆从抽屉里掏出一把零钱，说："你们输了多少，我退给你们嘛。"

大家摆摆手，说："输就是输，不能退。"

其实外婆他们打牌，一把只玩一块钱，坐庄和杠牌另外加一块，也不轮庄。

搓搓麻将通经活络，治疗老年痴呆。人年纪大了，也不在乎输赢。

3

外婆有个塑料袋子，里面装的都是打麻将的钱。

外公活着的时候，外婆处心积虑，把钱袋子藏在家里的各个角落。床单底下，电视柜里，鞋子里。他们一个藏一个捉，外公经常在家翻墙倒柜，不小心翻出外婆的钱袋子。直到有一回她把钱袋子埋进米缸，外公才再也没找到过。

外公不进厨房，因为不会做饭。

但他有洁癖，爱做家务，每天下班都把门前门后的院子扫得干干净净，家里敞亮整洁，一尘不染。外公人长得帅，还有文化，他在局里当领导，每天穿着笔挺的中山装，夹着公文包，总是一副很严厉的样子。我们都很服他，外公有一套固定的生活模式，下班第一件事情一定是脱下皮鞋打油，第二件事情就是喂猪。

外公虽然不会做饭，但他负责喂猪。外婆总嘲笑他：

“你做的饭，只有猪才吃。”

4

建猪圈是外公一手操办的。其实就是砌一堵矮墙，加一扇木门。

家里每年开春都要从市场抓回两只小猪崽，圈起来悉心照料。外公在院子里点起煤炉子，烧一大锅水，野菜剁碎加点糠，慢慢熬，闻着特别香。我小时候经常被发配到院子里搅猪食，外公说手不能停，不然糠粘锅，煳了不好吃。

外公喂猪，爱站在猪圈门口看着猪吃，猪吭哧吭哧吃得香，他就开心。外公经常边看边说："多吃啊，多吃多长肉啊。"

外公说，猪和人一样，立秋天气凉，胃口会变好，人贴秋膘，猪也是。等到腊月，猪长得结实，一只拉出去卖，一只挂起来宰。

外婆年年请人来家里杀猪，屠夫带着红袖套，大刀一挥，光是猪血就能接一大盆。外婆把猪肉剁成馅儿，裹上盐和辣椒面，撒点干橘子皮祛腥，灌成一串又一串香肠，挂在院子里的晾衣杆上，下边点一堆松木，烟熏小火燎。

外公津津有味地看着香肠，说自己养的猪，肥瘦有讲究，看着就好吃。

饱满的香肠，水分在傻晴傻晴的太阳下蒸发，变得皱巴巴，蒸炒皆宜，确实美味。外公每回都说："市场里买来的猪肉，吃起来可不如自己养的香。"

他喂出来的猪，下酒也下饭。

今年的香肠，外公没吃上。他突然死了。

5

外公在钓完鱼回家的路上，骑着小踏板，撞上了一辆逆行的农用车。白花花的肥鲫鱼撒得到处都是。开车的小伙子，还不到十七岁，吓傻了。

出事那天也是蹊跷，外婆上午出去了中午没赶回来，就留我和外公在家，到了中午我说肚子饿，外公说："来，我给你露一手。"

除了喂猪，我没见过外公做饭。

他焖了一锅米饭，用豆瓣酱炒了一碗黄豆，炒了盘鸡蛋，给自己倒了一小杯白酒。我坐在院子里的小板凳上，看外公吃着黄豆频频点头，一副自己炒得还不错的样子。米饭夹生，并不好吃。吃完饭，外公收拾渔具准备出门，正好碰见外婆回来。

"吃了吗？"

"吃了，我炒的菜，你问她。"外公指着我。

"眼看着快下雨了，不然你别出去了。"

"这种天气好钓鱼，你懂个啥。"

"那你回来吃饭吗，晚上？"

"回来。"外公说这句话的时候我听见了。

外公没回来。

傍晚下着小雨，外婆和小舅他们都赶去了医院，前一秒热乎乎的外公，突然凉了。他变得很远，远得很，远到上天入地四面八方，无论我们朝哪个方向追，都追不到。

那天晚上家里没人做饭，猪也没人喂。

6

小舅叫大兵，当过兵，胆子却很小。个子不高，小时候总是被人欺负，我妈经常帮他打架。外公死后，他去别人家里索赔，要回来三万块。小舅说那天推门进去，看见开车的小伙子家里穷得只剩锅了，他们全家人都跪下来求他。小舅心软，拿着钱就回来了。

出殡前，要去太平柜里认领外公的遗体。小舅站在门口死活不敢进，推了一把我妈：

“姐，我不敢，你去。”

我妈白了小舅一眼：“你自己亲爹你怕啥？！”

我妈跟着工作人员，一连拉了好几个抽屉才找到我外公。她后来跟我说，前面抽出来的太平柜里，还有一个是小孩。

外公变成了一缕烟，从火葬场高高的烟囱里飘出来，风把他吹走了。空气里弥漫着香肠烤焦的味道，好久都散不去。外公下葬后，小舅带着人又去了一趟别人家，总算打了一架。他带着好几个朋友，四个打一个，开农用车的小伙子没有还手没有吭声，被打得鼻青脸肿，周围看热闹的一群人，没人敢帮忙。

外婆后来指着小舅说：“你们这么多人打一个人，本事大了啊。”

“本事这么大，你怎么没打死他？”

就这样吧，以后别去了。

7

外公一走，家里明显没以前那么干净了，门前的空地，地上都是烂叶子，后院的杂物也越来越多。喂猪的事情，也让外婆包圆了。

她也学外公那一套，在院子里点起煤炉子，烧一大锅水，野菜剁碎加点糠，慢慢熬，熬好了晾凉，看着猪吭哧吭哧地吃，边看边说：

“乖乖啊，多吃啊，多吃多长肉啊。”

立秋了天气凉，人的胃口好，猪也是，正是猛长肉的时候。洪水把猪冲走了，外婆很心疼。好在还有麻将可以搓，能转移她的注意力。她把新买的自动洗牌桌摆客厅的正中央，正对着外公的遗像，每天下午打个盹，醒来呼朋唤友搓几把，偶尔也还是絮絮叨叨：“搓嘛搓嘛，搓给他看。”旁人瘆得慌。

今天早晨外婆把钱袋子递给小舅，说：“你再去买两头猪，离过年还有好几个月，多喂喂兴许还来得及。”

8

时间是一片茂密的森林，怨憎会、爱别离，都是生命里的洪水猛兽。爱，是我们唯一可以驯服它的皮鞭。

今年的香肠，外公是吃不到了。

今年的香肠，我们活着的人，还是要吃的。

在理所应当的拥有和猝不及防的失去中，我花了很多年，来理解人与人之间的热情与薄凉。但我知道，真相容易伤害太多的人，虽然时至今日我依然不能一一道破，但有句话，却可以说：凡事要知足知好歹，更要知火候。

你看到的都不是结局

当世界还小

天空很大

土豆很大

妈妈的手很大

我觉得自己也很大

然后

世界长大了

他们都变小了

……

很多时候我还没准备好，他们就说开始了。

很多时候我还没尽兴，他们又说结束了。

南方的夏天，太阳毒，极刺眼，热得连树上的鸟都懒得叫。

路边小店的老板踩着凉拖，穿着白色背心，懒懒地打扇泡茶，脚边的大黄狗热得“五体投地”。店门口支着张旧桌子，玻璃柜擦得亮，被勾着脖子的盐焗鸡，整整齐齐挂了一排等着人来买，金黄色的熟鸡皮紧绷绷，被太阳烤得直冒油。

小时候我妈总启蒙我：“心善则貌美，丑人多作怪。”

我有些肤浅，对这句话的理解有失偏颇，觉得长得不好看的人，心术一定不正，长得丑的鸡，也一定不好吃，比如盐焗鸡。

我妈说：“你真傻，不要看外表，味道才重要。”

她递过来一只盐焗鸡爪鼓励我，“你试试，尝一口再说话。”

我拒绝，问我妈：“你以前不是教育我，走路的时候吃东西很没家教吗？”

“谁认识你啊？黑灯瞎火不要怕。”

我依然拒绝。

“你吃一个吧，专门买给你尝的。”我妈啃着鸡爪，声音变得像是哀求。

我接过鸡爪，咬了一小口，默默地把眼泪憋了回去。

不是因为好吃到想哭。而是这盐焗鸡爪，是妈妈买得起的最贵的夜宵了吧。

我们穿过黑漆漆的公园，湖边的青蛙叫得有气无力，陌生的南方夜晚，星光暗淡。

我拒绝的，哪是一只盐焗鸡爪？

我拒绝的，分明是锦衣玉食的生活，突然变得如此拮据，昨天还挥金如土的妈妈如今连买半斤盐焗鸡爪都捉襟见肘。

小时候哪吃过这种苦，家里的钱多得好像一辈子也花不完。衣服只穿贵的，苹果只吃进口的，妈妈偶尔买些本地红富士，我咬一口就皱眉头不爱吃了，嫌味道不对。

长江边的小县城，冷鲜物流不像今天这么发达，偏偏我嘴刁，为了满足我挑剔的口腹之欲，妈妈只能去星级酒店的厨房买海鲜，还没出过内陆，虾就吃伤了。

从小娇生惯养，被我妈惯出一身坏毛病。衣来伸手，饭来张口，花钱大手大脚，不知天高地厚。哪想过有朝一日，妈妈要在工地卖盒饭，要做好几份小时工，才能给我买鸡爪。

从前听说过，由俭入奢易，由奢入俭难。

我不信。

但万万没想到，竟会这么难。

家里刚刚出事的那年春节，我和妈妈在陌生城市的出租屋里吃年夜饭，白水泡白饭，就着豆瓣酱和腊鸡腿。吃饭的桌子不稳当，吱吱呀呀来回晃得叫人心烦。

我拈起一块鸡肉放进嘴里，刚入口，便觉得咸得发苦，难以下咽，忍不住抱怨。

妈妈说："第一次做的鸡腿都发霉扔了，你以为呢。"

我以为？

我以为生活还是从前呢，这句话我没说出口。

南方四季就这样，冬天也没有雪。虽是正月，但气温一直居高不下。空气潮湿，要做腊鸡腿，哪有那么容易，腌过的鸡腿不容易风干，为了防止鸡腿肉变质，才放这么多盐。

妈妈红着眼圈，匆匆扒了三口饭，说是吃饱了。真的只有三口，我数了。我知道她是不想见我板着一张苦瓜脸。

出租屋是很多人合租的，条件恶劣。厕所没有热水器，洗澡只能一壶一壶烧，床板硬得睡不着，阴雨绵绵，一股霉味儿。

我也不想板着脸，可实在笑不出来。

我以为，如果生活大逆转，得到的都失去，才算是结局，未免也太不遂人意。

眼看着起高楼，眼看着宴宾客，眼看着人走茶凉，背井离乡。

眼看着完完整整的一个家，被拆得七零八落，天各一方，像噩梦一场。

可妈妈长得美，脾气犟，她就像乌云下的粉刷匠，为每一个雨天刷上了阳光。

大概是因为成也萧何败也萧何，所以为了弥补三千繁华一朝散尽的错，妈妈吃了不少苦头。即便在最难的时候，她也没开口让人帮忙。

昨天还要送我去英国念书的妈妈，突然沦落到四处找人借钱给我交学费。

家里变故，众叛亲离，我只知道哭，她却说："没钱就去挣钱，哭有什么用？你放心，我就是当小时工给人做牛做马，也让你念完大学。"

小时工哪那么容易做，虽然妈妈家务做得很利索，但一个小时也只能挣三十块钱。碰上脾气好的客户是福气，碰上脾气烂的，遭尽冷眼和唏嘘。

有一次打扫卫生，客户非让妈妈站到窗户外边擦玻璃，颐指气使地说:“你不站出去哪能擦干净?”妈妈从二十多层的高楼往下看了一眼，嘀咕了一句:“这么高的楼掉下去不就摔死了?”客户也是奇葩，说:“你不就是干这个的吗?大不了我每小时给你五十块。”

妈妈在电话里跟我讲这件事的时候，显然气还没消，她说:“我什么大风大浪没见过，那个死八婆，看她长得那么丑，肯定不是啥好东西。相由心生，一看就恶毒。”

我听着也生气，关心地问起后续:“后来呢?”

“我擦个屁，我把抹布扔地上，说你就是给我五百万我也不擦，要擦你自己擦，刚才干的两小时，你给我结了。我拿了钱，连桶都没要，直接摔门走了，前脚刚出门，家政公司的电话就打来了，不用猜，一定是那个死八婆投诉我了，还没等老板开口，我就说这活儿我不干了。死八婆还敢投诉我，不想活了她。”

我说:“五百万擦玻璃，给我，我擦。”

妈妈说:“我不擦，多少钱都不行，万一掉下去摔死了，你怎么办?”

我心想，对啊，我怎么办?

我这么懦弱，迟迟无法接受自己不再是富二代的落魄现实。保留的唯一的技能，就是哭。

过了几天，妈妈说她承包了个楼盘，在工地卖盒饭。

妈妈做饭好吃，但从来没做过十个人以上的饭。租了个可以炒菜的小门脸，就没余钱请厨子了，里里外外都是自己一个人干。

刚开始，她也不知道要买多少菜，分量不是多了就是少了，不是太淡就是太咸，隔壁开餐馆的老板看不下去，指点了妈妈几招。

妈妈像是得了稀奇的宝贝，在电话里抑扬顿挫："我太傻了，居然不知道还有这么巨大的电饭锅，大得能把你装进去，一次能做八十个人的米饭。"

我问她："你之前怎么做的？"

"一小锅一小锅啊，还能怎么做。"

我没猜错，这活儿，妈妈也干不长，我太了解她了。

她有洁癖，炒菜讲究。

虽然是卖给工地里干活的工人，也从来不马虎，油是超市买来的好油，菜择得跟自己家里吃的一样干净，成本比平常的盒饭高出三个级别还不止。你让她降低标准，劝她豆芽根本不用洗，直接放进锅里炒，等于要了她的命。

她每天天没亮就起床，马不停蹄忙碌大半天，中午太阳最毒的时候，骑一辆小三轮，拉到工地上卖。虽然条件艰苦，但妈妈也从来没放弃过爱美之心，原本她就长得好看，加上那头金色的卷发，盒饭卖得格外抢眼。

盒饭分量足，不仅干净，还色香味俱全，人人称赞。

中午收工，她还捎带问一句："你们明天想吃什么呀？"

旁人都说："这个女人真傻，盒饭哪有这么卖的。"

她不傻，傻人才做不出那么好吃的卤鸡腿。

妈妈做的卤鸡腿格外好吃，肉好料足，因为用心，所以美味，但这件事不知怎么就被传开了。鸡腿一天就卤那么多，想多吃也没有。周围小区懒得做饭的业主和上班的小白领也跑来凑热闹，早早地跑来排队。

但餐饮这行，起早贪黑真的太辛苦了，不到半年，妈妈便累得腰疼腿疼全身疼，她做完一个楼盘后给我打电话："累，不干了。"

从小到大，我没见过比妈妈更能折腾的女人。

因为有烟草销售的基础，承包楼盘的时候也认识了一些人，她觉得还是要做自己擅长的事情。四十多岁的她，突然决定去卖楼。

房产租赁买卖的工作，要求体力，脑子灵活，是年轻人的主战场，有的人比我还小很多。我想着，妈妈哪能干得过这些朝气蓬勃的人。

可没想到，妈妈在这行一做就是好些年，越干越喜欢。

她说："你不懂，我问你，如果你买一栋上千万的别墅，是喜欢找年纪小的人帮你参谋，还是找年纪大的？"

我答不上来，听她继续感叹："幸亏当年早早学会了用电脑，不然怎么能那么快就学会刷网盘。"

刷网盘，是房产中介的常用词，就是在租赁平台的数据库里，找到有可能发生交易的客户，并且为这些客户按需匹配合适的住宅。

我在北京生活了十年，搬过几次家，每次也都找中介帮忙，但从来都很客气，要求尽量提得清楚，不让人白白折腾，自己买水的时候，总会多买一瓶给他们。因为自己的妈妈是同行，受累吃苦，我自然一清二楚。

背地图，背楼盘，背户型，为了不让客户多走路，要提前踩点熟识每个门牌号，风雨无阻。每天爬上爬下，客户满意了，业主却不一定满意，经常也受一肚子气。

我带着私心，希望自己善待这些萍水相逢的陌生人。妈妈也能被那些萍水相逢的陌生人善待。希望他们看房子的时候，多一些耐心，尽量避着正午的炎热，避着台风和暴雨，让妈妈脚下的路，好走一些。

现在每次回去，我常陪着妈妈带客户看房。

她跟客户介绍说:“这是我女儿。”

他们都大惊失色:“你女儿都这么大啦，跟你一样，长得真好看，上大几啦?”

我每次听到都觉得可美了，妈妈转头问我:“对啊，我怎么觉得你高中毕业后，越长越小了。”

我指着自己的眼角说:“你看看我的小细纹，你看看，看见没?”

可有句话我只在心里说过：你不是一直都告诉我，相由心生吗?我舍不得长大，总觉得自己如果真的长大了，你就变老了。

站在那些半山腰的大别墅里，极目远眺，眼底郁郁葱葱，清香扑鼻，千帆过尽的大海在夕阳下闪闪发光，沉沉的鸣笛，渔船缓缓归港，别来无恙。

今天比昨天好一点，但这会不会就是结局。我问自己，昨天失去的，明天还会再回来吗？

我总会想办法，再搬回这个风景怡人的地方吧。

我要在阳台上重新支起那张镶着贝母片的小方桌，重新烧一壶热水，面朝大海，泡那一年我还没来得及泡的好茶，和家人，一同饮下。

我回头看妈妈，她还在客厅里，为年轻的小夫妻解释着东南朝向房子的优点，紫气东来，阳光普照。她的身材依旧姣好，细细的腿踩着高跟鞋，金色的卷发，淡淡的妆，依然和年轻的时候一样美。

她说："慢慢来别着急，这还不是结局。"

虽然生活好了很多，但我爱哭的毛病，这些年一直没改掉。

前几年工作和生活不顺心，动不动就在电话里跟我妈哭。客户骂两句哭，领导怪两句也哭，加班哭，养的小宠物死了也哭。

一天到晚，哭个没完。

妈妈说："你怎么就知道哭，运气都哭没了。"

凡事换位思考，事情不顺利，一定是哪个环节出了问题。

多为对方想一步，肯定没有坏处。

好人和小人，都不要得罪，不然吃亏的都是自己。

"赶紧去把你眼角的泪痣取掉，跟你说了多少次了，总是哭哭啼啼，哪个男人敢娶你？"

妈妈坚持跑步锻炼身体，肺活量极好，一口气能说好多话。

挂了电话，我发现真的很少看见妈妈哭，背井离乡这么多年，也太不容易。

为了带国外的客户看房，她学起了英语。自从我教她使用了在线词典，她便如鱼得水，游刃有余。

但在那之前，她经常在我开会的时候火急火燎地打来求救电话：

“快，帮我翻译一下，就说这套房子豪华装修，家电齐全，需要洗碗机可以单配，可以养狗，但是租金不能低于一个月三万，明天下午可以看房，我在公司等他。”

不等我回答，她就递了电话与旁人。

妈妈没有英文名字，那段时间，好多租房买房的外籍租客们口口相传，找到公司，都说要找Amy的妈妈，口碑甚好。

客户买下一套海景独栋，妈妈说：“别着急，这还不是结局。”

这几年她的工作越来越顺心。

有一次我回去，见她正捧着一张港铁路线图，对着密密麻麻的楼盘做记号，她忧心忡忡地说：“香港人也不容易，每次过去，都见到好多头发花白的老人在便利店打工。大多数人的房子，都比内地小很多，寸土寸金，房子论平方尺卖，也难怪他们动不动就游行，内地的妈妈们去抢奶粉，内地的老板们还要去抢楼，换作是我，我也生气。”

我说：“你不是也帮着别人买奶粉。”

她说：“路我都探熟了，将来你的孩子，奶粉奶嘴纸尿裤还不都得让我买。”

妈妈厉害，能言善辩，万变不离其宗，三句话总能点到我的终身大事上去。

我也现学现卖回过去，缘分和爱情这个东西也别着急，你看到的都不是结局。

在理所应当的拥有和猝不及防的失去中，我花了很多年来理解人与人之间的热情与薄凉。但我知道，真相容易伤害太多的人，虽然时至今日我依然不能一一道破，但有句话，却可以说：凡事要知足知好歹，更要知火候。

我走了不少弯路，错事也做了许多。

兴许是从前心里装得太多，都未曾有心思，仔细地留意过眼前的生活。

如今突然觉得，今年北京的夏天，暴雨怎么这么多。昨天下了，今天也下了。电闪雷鸣，我站在阳台上发呆，就算是自己一个人，也不觉得害怕了。是从什么时候开始的，报喜不报忧，不再跟妈妈哭了。

遇人不淑受了委屈，自己躲在家里哭哭就算了。有时候也觉得，跟从前那些刀山火海的日子比，这有什么可哭的，倒不如吃饱了美美睡一觉，睡醒找朋友闹一闹。

谢天谢地，我总算长大了。

但我知道，这也不是结局。

昨天的歌缓缓地唱：

明天冰雪封山的时候，我也光着双脚。

站在你翻山越岭的尽头，正当年少。

两千个秘密，没人知道。

请你在春天到来的时候，轻轻歌唱。

唱一首关于冬天的歌谣，漫漫长长。

鸽子啊，我在你温暖的路上。

……

一觉醒来，长不大的小姑娘，终于成长。

悲伤的往事，接受代表原谅，说出才能遗忘。

昨天那场肝肠寸断的背井离乡，虽然还有未愈的心伤，但已经天亮。

炎热的夏天，如烟往事，但说无妨。

大冰说：“惠子，你等着。”

你等着，良辰美景不会一直虚设。你等着，昨天失去的还会再回来。

你等着，什么东西吃多了都会胖。

……

你等着，世间万象皆有衡，否极泰来终须时。

我说：“好的，我等着。”我等着，就算失去的不会再回来，我也会去追。

你等着

有一种人对你特别好，但是特别凶，比如大冰。

有一次我在饭桌上喝了几杯酒壮了壮胆，问他：“你怎么这么凶？”

话音刚落，全桌都肃静了。

大冰叼着白馒头乜斜着甩过来三个字：“不服吗？”

我岂能在这个时候犯㞞？于是挺直腰杆，大声道：“服！”

话音刚落，全桌人松了口气。饭桌上杯盘狼藉，能吃的东西已经所剩无几，大冰放下馒头，轻描淡写说了句：“你们先吃着，我再去给你们炖个汤。”

我侧了侧身往厨房看，忍不住幸灾乐祸，心想：大冰你就算今天再能耐，只剩半个萝卜也恐怕炖不出什么花样了吧？但我忘了，大冰的厨艺和他的人一样，也是高深莫测的。他虽然番茄炒蛋先炒番茄再炒蛋让人有点读不懂，但他的炖菜功夫确是一绝。因为据说他年轻的时候太穷了，只能每天炖菜，白菜炖白菜，什么火候什么滋味，早已烂熟于心，有没有肉都好吃。

果然，热汤上桌，我连喝三碗，打着饱嗝百思不得其解，才知道大冰在萝卜清汤里扔了一片奶酪半颗番茄，味道马上就妙了。等大冰忙完重新坐下来，只见饭菜早已被我们一扫而空，他什么都没说，吧唧吧唧嘴，就着盘里剩菜的汤汁，吃完了刚刚剩下的馒头。

朋友从桌下踹了我一脚："怎么也不知道给冰叔留一点。"

大冰从碗里抬起头："没事，我吃这个就够了，你们还在长身体，多吃点。"

不止我一人，大家都怕他，但世界这么大，总有人不怕。

自从我陪大冰去看了《重返二十岁》，他就对杨子姗路人转粉，疯狂追星。他也不知道从哪听到的小道消息，在微信上搜了一个名叫"杨子姗全球后援会"的群，用化名进了群，却因为失误写了真实年龄，被群主以"年纪太大，欺骗可耻"为由踢了出来，群里的孩子指责他：

"一把年纪还出来骗，不要脸。"

在世贸天阶的咖啡厅，大冰坐在我对面捶胸顿足，说自己连一件杨子姗后援会T恤都没领到，还被一群小孩骂不要脸，真的从来没有这么惨过。听到这里，我笑得前仰后合，问他到底什么T恤这么激动，他一本正经严肃认真地说：

"杨子姗的T恤啊！""印了她的脸的T恤啊！""只要加入后

援会，就能免费领一件啊！”

我问他：“你不是认真的吧？你真的喜欢杨子珊啊？”他说对啊，杨子珊结婚的时候，他的心都碎了。我说：“哎呀好了好了，我去网上给你买一件算了。”他义正词严地摆摆手：“算了算了，我还有舒淇。”

认识大冰这么久，我第一次发现他这么幼稚，天蝎脸，双鱼心。趁他还沉浸在自己追星的幻想中无法自拔，我鼓起勇气又追问了他之前那个问题：“你为什么这么凶？”

他反问：“凶吗？”

我点点头，说：“凶。”

他说：“我们山东人普遍脾气不好，又直又冲。年轻的时候疯狂的事情干得太多，天葬台睡多了，脸上不自觉就挂了煞气。”

大冰问我：“那你怕我吗？”

我没有回答。

那天是他专门飞到北京接受我的采访，起因是我想写一个关于大冰的故事，想要当面采访他。他知道我当时没什么钱，便自己掏兜买了机票定了酒店。无论什么时候，朋友兄弟需要帮忙，他都会说好好好。

大冰一向言必行，行必果，说到做到，但也因此把自己套得死死的。若说他像江湖大哥四处行侠仗义的时候倾囊付出，带着三分孩子气，那剩下的七分，定是起床气。

他的起床气，我是亲眼见过的，不得不提。

我们一行人去新疆采风，每天都要早起赶路，旁人早起的概念是上午九点，而大冰早起的概念是下午一点。因为他经常通宵工作，天亮才睡，黑白颠倒最耗损人的元气，所以他好像怎么都睡不够。

于是，每天谁叫他起床，谁最先倒霉。

我们一行人，每天傍晚都要瞒着大冰站在草原的小山坡上猜拳，谁输了，谁就要抱着赴汤蹈火的决心负责第二天一早敲他的房门。

刚开始我也傻，以为大冰每天上午摆着扑克脸是遇到了什么烦心事，所以我经常不解风情地问："哎呀冰叔你怎么了啊？是不是不高兴啊？"

整车人听见我说话，死一般的寂静，纷纷屏住呼吸。

但无知者无畏，我还会继续问："冰叔你饿不饿？你吃不吃馕？"

还是死一般的寂静。

大冰缓缓歪过头，睁大眼睛目露凶光瞪着我。

朋友拉拉我的衣角，小声说："没睡醒，别惹他。"

一转头，大冰夺走了我手里的馕，像撕咬敌人一样撕咬着咸香四溢的大饼。

吃饭的时候偷偷问其究竟，才知道大冰几乎每天都要通宵看自己的微博留言，就因为他曾经答应读者每条都会看，所以这些年他不曾怠慢任何一个用心看故事的陌生人。

读者私信里经常有人求助，能帮忙伸张正义的时候，他义不容辞马上召集各路资源帮人讨公道，能用钱解决问题的时候他对自己也坚决不手软。

读者的母亲生病，他马上打钱。

四海为家的兄弟回家过年，他马上打钱。

朋友结婚生孩子，二话不说，还是马上打钱。

……

因为这个好习惯，他经常莫名其妙就被骗了，但他从来只是嘴上骂几句，下一次有人遇到困难，他还是会出手相助，他说："万一这次是真的呢，万一恰好这次就是真的呢。钱没了可以挣，又不是没穷过，但很多事情，当下没有做，可能一辈子就没机会了。阿弥陀佛么么哒。"

后来，我们一行人在叫大冰起床的坎坷中，总结了一套非常简单实用的经验：

在他自己开口前，坚决不理他。不与他发生任何眼神交流，发现情况不妙立刻拔腿跑，离他远远的。当大家在他扑克脸的注视下四下逃窜的时候，就剩他自己低头捧着手机坐在一旁，存在感低得像一阵空气，分明就是一个走江湖的孤独野孩子。

但这个野孩子，实在是太野了。

这么多年，几乎他想做的事情都努力去做了。他二十岁时给自己立下的目标都先后实现了：吃饱、玩音乐、当作家、拍电影、当主持人、开几个酒吧、去南北极、当画家、当纹身师、爬几座雪山、给爹妈买别墅……

去年春节，他一言不合就跑到南极喝酒，冰块是自己从冰川上现凿的。

“大冰的小屋”已经从丽江开到了大理、厦门、成都、西安和济南，还会继续开下去。

每年就算天南海北到处飞，也至少有半年的时间用来陪在父母身边。

四十多岁的读者找大冰签售，张嘴都是：“大冰啊！我是看你主持的节目长大的。”气得大冰脸上的胡子快要起飞。

电影倒是还没拍，不是资源不够。圈子里曾有朋友找到我，让我帮忙牵线。他们开出了行业里的好价钱，让大冰趁热打铁，在市场最好的时候，启动自己故事的影视项目好好捞一笔，却被他一口拒绝。

理由很简单：“先不忙，做事要分轻重缓急，还有比拍电影更重要的事情要做。”

朋友没了耐心，说：“丫装什么装啊。”

我只好开玩笑圆场，用北京腔故意打岔道：“就是，装什么装，你不爽你上啊，弄死丫的。”说完拿出手机给大冰发信息：“不然你再考虑考虑，这么多钱，说不要就真不要了啊？人都生气了，喝完酒都说要弄死你……”

结果大冰甩来一句话：“钱不要，我等着，想弄死我的人多了去了。”

看到信息我也默默生气，有钱不要，大冰你是不是真傻啊。

结果证明，他的确是傻。

大冰不拍电影的理由，竟然是想先玩音乐。

但正因为他热爱音乐，热爱民谣，却差点被“键盘侠”们用口水打死了。

有人说：“大冰你没有音乐天分，唱歌旋律烂，你有什么资格玩音乐啊？”

大冰无条件坦然承认：“我确实没有音乐天分，我的歌就是旋律简单技术烂。”

他十多年前就知道自己不可能成为一个真正的民谣弹唱歌手了。他的左手拇指、食指、中指都曾断骨重接，筋没接好，复健的也不好，根本使不上劲。夹住烟倒是没问题，但想多摁住一个和弦，恐怕不行。

以前我不知道这些，还是上次他从北京去东北签售，我开车送他去南站，路上问他怎么混了这么多年也不考个驾照买辆车，他才说：“哦，我手不灵活，握不好方向盘，万一开上路把人给撞了咋办？”

我从包里翻出一包夏威夷果，扔到副驾：“这个能剥开吗？”

“能，这个能，火车上吃这个正好。”

我一转头，他已经拿出一个开始用牙啃了。

我这才反应过来，出门着急，拿了夏威夷果，忘了给他拿剥壳器了。我一脚油门飞快开到南站，在进站口把他连人带行李轰下了车。

我一个洁癖患者，你在我车上啃夏威夷果啃得壳到处都是，这还得了？

他拖着一个巨大的行李箱走了，叮嘱我回去开慢点，还没到家，就收到他的信息：

“剥壳器呢？！”

“我给你了啊，你是不是丢了啊。”

“哦，可能掉了。”

我拿着手机心想，大冰你也太好骗了吧哈哈。

有人问他：你知道自己玩得不好，凭什么还玩民谣？

他说一个人喜不喜欢音乐，有没有权利喜欢，和天分都无关。既然喜欢，就应该为自己喜欢的事情做点什么。

大冰喜欢音乐，喜欢民谣，为他的兄弟们做了很多。

所以才有了“大冰的小屋”的坚持，才有了后来的“民谣在路上·大冰和他的朋友们”演唱会；才有了再后来的民谣在路上“百城百校——免费音乐会”；才有了今年瓜洲音乐上小屋歌手的首次登台演出；才有了音乐节上他自己掏腰包免费发掉的八千瓶啤酒。

“大冰的小屋”这些年收留过数以百计的歌手，大冰能做的不多，只想为那些缺乏生存技能的热爱音乐的孩子们提供一座挡风遮雨的屋顶。丽江十五平米的小酒吧以前是卖花圈的，桌子是张棺材板，最多的时候同时养着十一个歌手，最高的时候工资每月一万五。

朋友不理解，“有些歌手其实唱得也一般，大冰你为什么自己掏腰包？”

大冰认认真真的回答：

“音乐有门槛吗？有及格线吗？既然喜欢，他们为什么无权去追求？凭什么一个歌手只能住地下室吃着方便面，苦大仇深的才能写出好歌来？凭什么一个歌手只能放低姿态放低尊严才能有机会靠音乐吃上饭？在小屋，歌手最大，任何客人只要影响了歌手唱歌，立马撵出去，我想让他们在小屋既能吃饱了饭，又能写歌。”

他一口气说完，脸都憋红了，末了又补充：

“也不是完全没条件，只要那些爱唱歌的孩子能在身体力行的时候一直坚持，就算被嘲笑，也不轻易放弃自己的梦想，就行。”

2015年夏天，“民谣在路上”全国首演的前一天，大冰发来四个字：“速来取票。”

演出那天，我和朋友坐在台下，看着北展三千多人的场馆被挤得爆满，我才意识到，台下热泪盈眶的听众，和那些站在舞台上唱歌的兄弟们，原来就是大冰对流言蜚语弃之不顾，心甘情愿背上无数骂名的理由。他被自身条件所限，当不了一个好歌手，但是他选择给好的歌手们当“上马师”，这就是他的音乐理想，自己实现不了，就让兄弟们替他去实现。

让他可以放着好端端的电影不拍，新书不写，大钱不挣，傻呵呵四处张罗，且甘之如饴。

大冰在每一场民谣演出中，都没有真正自己唱过歌，无非是磨磨嘴皮子，当当串场的。他从来没有正式发行过专辑，也没有认真推广过自己的“拙作”，更没指望过靠自己的歌大红大紫，也永远不会那样去做。

事实证明，他也不用那么做。

这些年，我从朋友口中，自己眼里，亲眼看到大冰一路走来自立门户。朋友兄弟都是他并肩作战的战友，他的麾下并无一兵一卒，可一将功成万骨枯，哪一次凯旋归来，牺牲的不是他自己亲手打磨的凡胎？每一个孑然倒下又站起来的影子，其实都是他自己。

那天演出结束大家一块儿去喝庆功酒，大冰端起酒杯先干为敬，说终于了却了一桩心愿，说太好了太好了太好了。一连喝了好几杯，能看出来，他是真高兴。后来喝多了，大冰也开始说起了真心话：“万事开头难，开了头就好了，很好，还会更好的。但是，我是真他妈的累啊，你们说，我和李叔同同月同日生，比他晚了正好一百年，他也画油画，这是不是冥冥之中藏着什么深意？比如苦其心志什么的……”

还没等大冰继续沉浸在自己的想象中无法自拔，便被我无情打断。

我说：“李叔同为翩翩之佳公子，为激昂之志士，为多才之艺人，为严肃之教育者，为戒律精严之头陀。而你，只占多才之艺人这一条，唱歌弹琴，除了写作和炖菜，其余都学艺不精，加上毒舌刀子嘴，恐怕很难像他那样倾心西极，吉祥善逝。”

大冰晴转阴，拉下脸：“吴惠子你直接说我作恶多端不得好死就行了，干吗引用这么大一段？”

我说：“作家和作家聊天，不是都这样吗？”

大冰举起酒瓶子眼看要动手：“我警告你啊不要惹我，打哭你信不信？”

信。

玩笑归玩笑，心里没说的才是真话：大冰如果不得好死，恐怕很多人都要万劫不复了吧。穷不失义，达不离道，就说这一点，我们很多人都已经输了一大半。

忙前忙后白送票，顾着东边还得顾西边，有时候吃力不讨好，真心错投了暗渠，都得他自己一个人兜着。这场关于音乐梦想的接力赛，大冰跑得好辛苦啊。他迫切地等着交棒的那一天，当局者迷，旁观者清，我真心希望那一天快点到来，好让大冰抽出时间，好好学习一下西红柿炒鸡蛋的正确做法。

先炒西红柿还是先炒蛋。

仁者见仁，智者见智。

我举手，投“先炒蛋”一票。

我从小热爱江湖，长大后写了很多和江湖有关的故事，写了很多豪情壮志的真假英雄，犹豫了好几年，终于写了大冰。

我曾经问他：“主持人、民谣歌手、银匠、旅人、作家、酒吧老板，这么多的身份，你最喜欢哪个世界？”

他满脸诧异地告诉我：“就像荤素搭配，当然是每个世界都热爱。”

在没有刀光剑影，没有武林，没有黑社会的真正的江湖，大冰用了“热爱”这个有温度的字眼。在乎体验，不在乎成败，天道酬勤，他真的变成了自己二十多岁的时候想要成为的样子，在不同的角色里切换自如。

很多人觉得莫名其妙，大冰的故事怎么这么耐读？书怎么卖得这么好？怎么写这么厚？我总会挺身而出为他说话，因为我亲眼见证了大冰无数个通宵达旦的创作，他的每一个故事都是有血有肉的经历，他笔下的每一个字，都经过了他的仔细推敲。因为他经常三更半夜发来一篇上万字的文档，说：

“这是我下一本书里的故事，你先看看。”

我看看手机，凌晨三点。等我读完故事，已是黎明，大冰依然没睡，立刻打来电话，询问读后感。他的认真和刻苦，让我这个自诩写了十多年故事依然没红的写作者自叹弗如。

后来遇到朋友也会自嘲：“我们如果有大冰十分之一的努力，可能早就功成名就了。”写到这里，突然很想挖个地洞，钻进去。

多数人愚钝，以为出世难，必须佛前剃度，吃斋念佛；以为入世难，必须竹影扫街，八面玲珑。其实不是，大冰便是最好的例证，于他而言，无须步李叔同剃度出家的后尘，因为他早已在繁复精彩的经验中，尝试了热闹与孤独的极端，早已不昧因果，百毒不侵。

路在大冰眼前，出世和入世，不过是心中一把尺，庙前三炷香。

猴年除夕夜，他三十六岁了，我把这个故事的第一稿发给大冰看。他在布宜诺斯艾利斯，正因为不认识英文菜单，点错了菜，而坐在异国他乡的饭桌前号哭，为自己的钱包心疼不已。我问他你去哪，他说南极。我问他去南极干吗，他说去写故事。

坐在冰川上看完我的稿子，大冰说："你等着。"

吓得我赶紧从编辑那把稿子撤回了。

转年又是夏天，距离上次完稿已经过去了半年，大冰正在中亚大草原披头散发。我再次把稿子翻出来，稍稍修改，却没像上次那样发给大冰看。我自作主张，毅然决然发给编辑，先斩后奏，让他们直接排版。

待字已成册，焚书怕是来不及了。

大冰不是让我等着吗？

等着就等着，反正你巡回签售的时候也经常开流水席请读者喝酒吃饭跑遍全国，有本事你把我的书全买了啊……

怎么样，一别多日，大冰你是不是对我刮目相看，毕竟我又胖了十斤，底气足了许多。

后记

POSTSCRIPT

每句真心话，都是大冒险

故事和爱才讲了一半

后记

今年的宇宙磁场很奇妙，鼓励我做了两个特别狠心的决定。

一是终于叫停自己努力多年依然没有回应的感情。

二是毅然辞去了相对稳定的广告公司副总的工作。

没有了必须要等的人，也没有了必须要做的事情，生活节奏突然就变得慢吞吞。我开始跑步健身，做饭看电影，花大量的时间，将过去那些我避而不谈的问题摆在眼前，强迫自己去面对。但对于具备了一定世界认知和作弊技巧的成年人，要想在一个最难被哄骗的年纪，直面自己赤裸裸的内心，真的很难。

感谢文字创作给了我力量。

在这些虚构和非虚构的故事中，我尝试着为主角们，穿插构建一个与“现实中的我”类似的困境，在故事发展的脉络里，重新编排快乐和痛苦，再以一个“创作者”的客观角度，引导故事里的人从“困境”里走出来，就像帮助自己走出来。

文字创作的触感很特别。每当我以为自己可以驾驭它的时候，它就像野兽的爪子，无孔不入，敏感而精准，以猛烈的方式扑向我，一层层地撕开我的盔甲和肌肤，再以温柔的速度，悄悄伸到我心里，将那些坏死的角落剔除。

我很庆幸自己选择了这种成长的方式：宁静、独立、野蛮、彻底。

无论是自我成长过程中的心理建设，还是表达初衷逐渐发生变化的创作过程，对于写作的热爱，总能带给我不同的高潮体验。

从十六岁到现在，断断续续十多年，中途因为诸多原因，曾停笔过很长一段时间。从最早的新概念作文大赛，到后来的独唱团，再到「一个」工作室，这本书在我的愿望清单上一挂就是十多年，是我从小到大，坚持时间最长的一件事。

原本我设想，这是一本绝对轻松治愈并且温暖的书，但写完后发现，它更像是一本来自我内心深处的"疾病诊断书"，而"讲故事"的过程就是"调制解药"的过程，故事落笔之处，那些隐藏的痛苦也都能慢慢痊愈。

我曾经用一句话形容过"成长"：像初春偷偷爬上窗台，我曾满心期待，却不料地动山摇。

也许是我知道，在无数个长大的瞬间，我们都付出了太大的代价，所以我才不愿意再用同样惨烈的方式来消费人生的残酷。而这种选择的结果，必然让这些故事没有想象中那样跌宕起伏。

最后的修改阶段，我独自在国外旅行。我带着故事从北京出发，沿着印度洋向西，穿过霍顿平原，一直走到世界尽头。斯里兰卡水鹿穿过清晨的迷雾，从我眼前结伴经过，像一道光。

我们都需要这道光。

今天，这本反复阵痛难产的书，终于问世。谢谢你此刻把它捧在手里，并看到这里。希望你喜欢这些平平淡淡的故事，在这场必散的生命的筵席里，酸甜苦辣，千般滋味总要彼此相宜。最后，愿你读完故事，能跟我一样，从迷茫及不满足现实的状态里走出来，将人类最本源的欲望归零，并重新恢复对情绪的感知：高兴就笑，伤心便哭，饿了吃，困了睡，爱就留下，不爱就离开。每天睡得香甜，一觉醒来，变成一个更加有趣的人，能够通过味道鲜美的食物，洁白无瑕的爱情，或者是我为你寄出的这只气球，再次与这个世界发生关联，触摸到它嗷嗷待哺的柔软与稚嫩。

因为我已经迫不及待地想要恭喜你，找到了属于自己的解药，打开了通往自由与光明的时光隧道，隧道尽头有你曾经失去的和未曾拥有过的一切：

新鲜的早餐和新鲜的四季，新鲜的爱人和新鲜的记忆。

爱情和食物，还有我和你，都将在宇宙奇妙的流动中，未完待续……

吴惠子

科伦坡 初秋

ONE Book

监　　制：韩　寒
策 划 人：小　饭　金丹华
出版统筹：戚开源
编　　辑：赵梦黎　孟　味
特约编辑：一　言　郭佳杰
策划推广：李靓雯　金怡玉玲　纪文超
特约发行：王　鑫
书籍设计：雾　室
内页制作：欧阳颖

官方网站：wufazhuce.com
官方微博：@一个App工作室　@一个图书　@亭林镇工作室

图书在版编目（CIP）数据

吃肉 喝酒 飞奔 / 吴惠子著. — 成都 : 四川文艺出版社, 2016.8

ISBN 978-7-5411-4383-0

Ⅰ. ①吃… Ⅱ. ①吴… Ⅲ. ①故事－作品集－中国－当代 Ⅳ. ①I247.8

中国版本图书馆CIP数据核字（2016）第161722号

CHIROU HEJIU FEIBEN

吃肉 喝酒 飞奔

吴惠子　著

责任编辑　金炀淏　周　轶
书籍设计　霧　室
出版发行　四川文艺出版社（成都市槐树街2号）
出版发行　www.scwys.com
电　　话　028-86259287（发行部）　028-86259303（编辑部）
传　　真　028-86259306

邮购地址　成都市槐树街2号四川文艺出版社邮购部　610031
印　　刷　北京鹏润伟业印刷有限公司
成品尺寸　145mm×210mm　1/32
印　　张　8　字　　数　140千
版　　次　2017年1月第一版　印　　次　2017年1月第一次印刷
书　　号　ISBN 978-7-5411-4383-0
定　　价　39.80元